# STORIE DI CANI PER UNA BAMBINA

Dacia Maraini

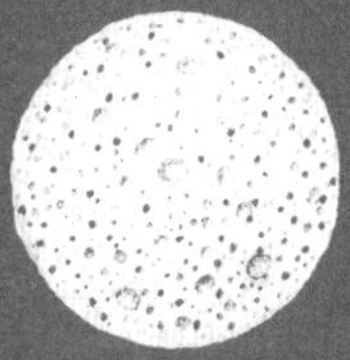

# ある女の子のための犬のお話

ダーチャ・マライーニ

望月紀子 訳

さかたきよこ 画

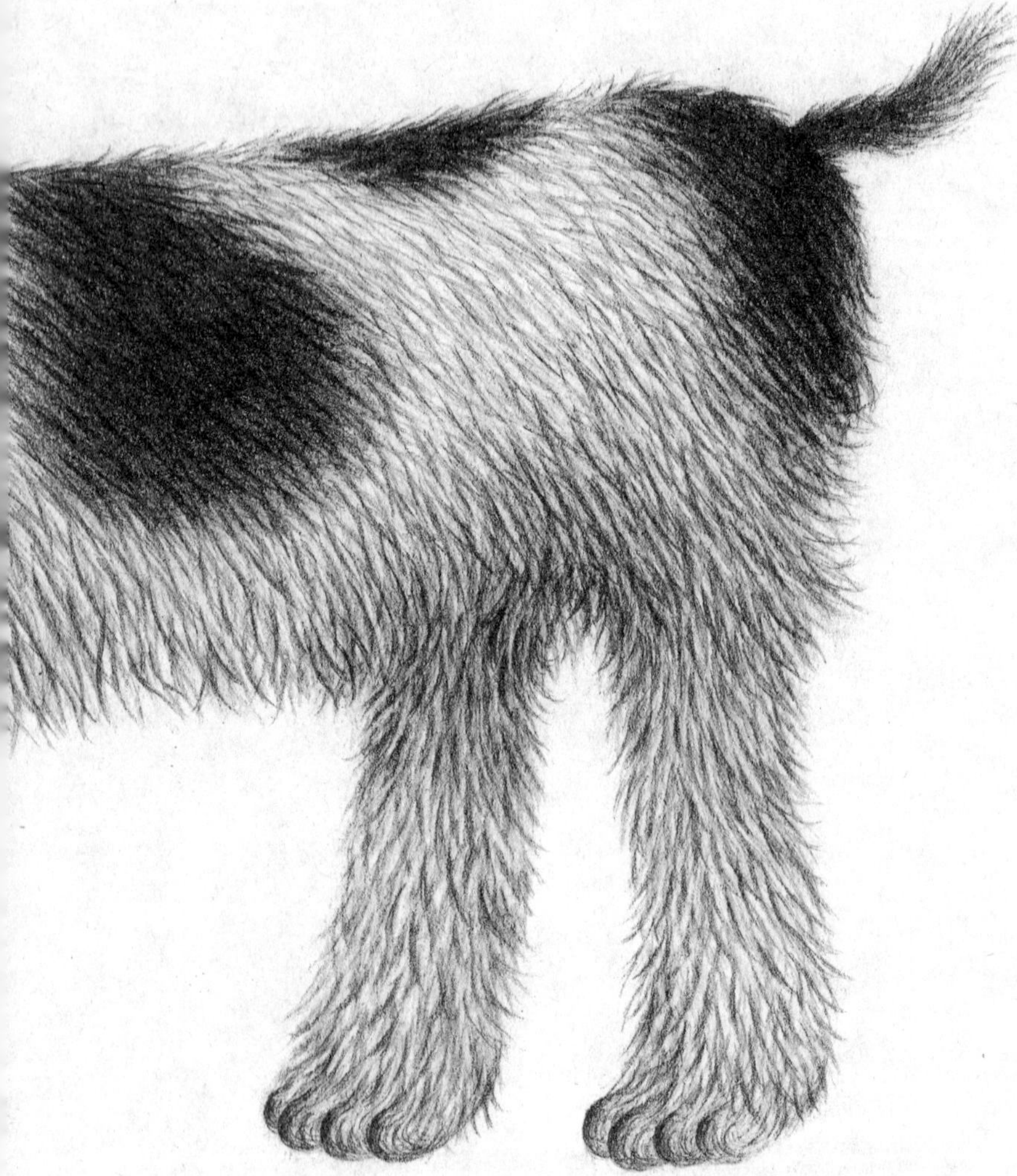

目次

# ある女の子のための犬のお話

装画　さかたきよこ
装幀　タダジュン

フラーヴィア

あなたはわたしに犬のお話をして、と頼《たの》んだわね。わたしはとっさにそんなお話なんて知らないし、知っていてもどれもこれも似たり寄ったりよ、と答えた。でもあなたはゆずらなくて、わたしもよく考えてみたら、わたしの人生の歩みを横切っていった犬たちの思い出がいくつかあることに気づいたの、それがたとえたったの一日という短い時間でも。

そうしているあいだに、あとで知ったのだけれど、あなたはパパとアメリカへ発《た》ってしまった。そうなるとわたしとしては、あなたにその犬たちの話を書いて、ポストに入れるしかないわけね。

# ジンニ

Ginni

ジンニという名前だった。いまでもあの最後の日々の苦しそうな、傷ついたまなざしを忘れられない。その記憶《きおく》は頑固《がんこ》なロバのようにあの目の上に立ちつくしている。驚《おどろ》きに茫然《ぼうぜん》としたわたしの頭にいつもよみがえるのは罪の意識なのだろうか？　生きていることの恐《おそ》ろしい罪、とマーロウ[★1]が言うような。

白に黒ぶちの小型セッターのメス犬。何年もいっしょに暮して、八月のはじめに、まさにわたしが田舎へ出発する前日に死んだ。数か月前から病気で、青いシャツのそでをまくりあげて毛深い肘《ひじ》が見える獣医《じゅうい》は「もう打つ手はありません、死なせてやりませんか？」と言った。

「いいえ、安楽死はいやです」と答えながら、自分でもほとんど気づかないまま涙《なみだ》がほほを伝わっていた。以前いちどだけ「注射処置」という野蛮《やばん》な習慣を受け入れたことがあって、心から後悔《こうかい》した。何年もまえのことで、冷え冷えとした手術室で、なでてやっているあいだじゅう、やさしく訴《うった》える目で、絶望的な「なぜ」をわたしに向けていた、とてもかわいかったスピノーネ[★2]を思い出す。壊疽《えそ》ができて、もう二日ももたない、医師はそう言ったが、それならなぜその二日間を彼《かれ》に残してやれないのだろうか？　わたしは彼が息を引きとるまでその頭をおさえ、そのやさしいまなざしはしだいにくもっていった。これまで飼ったどの犬よりも陽気で、石が大好き、投げてやる石を拾うためなら火のなかにも突進《とっしん》するスピノーネのピノーロから、わたしたちの動物の友だちの生命に介入することは残酷《ざんこく》な不当行為《こうい》であることを学んだ。

だれが犬や猫《ねこ》を死なせる時を決めるのだろう？　決まり文句の口実は、「ひどく苦しむ」から、「苦しみをとりのぞいてやるために殺す」。よくそう言われる。だが犬は、人間ならそれができるだろうが、死なせてくれと頼《たの》んだことはない。犬には犬として生から死へ移行する時間があり、その時間は尊重されなければならないだろう。わたしたちの生涯《しょうがい》の伴侶《はんりょ》にかかわるあまりに多くのことが「こうするのが彼のためにいいのだ」という偽善《ぎぜん》的な口実で、一方の側からのみ決められてきた。

たとえば、犬は一日一食でいいなんてだれが言ったのだろう？　多くの獣医がそれを支持し、わたしたち人間のわずかな手間省《はぶ》きを正当化する。犬は一日一食を強いられる

**1**　マーロウ――クリストファー・マーロウ（一五六四―九三）シェイクスピアと同時代のイギリスの劇作家、詩人。代表作は『フォースタス博士』『マルタ島のユダヤ人』『カルタゴの女王ダイドー』など。居酒屋で刺殺された。

**2**　イタリアン・グリフォンともいう。毛がかたいのでとげ（スピーノ）の名がついた。現在はほとんどイタリアにしかいない。

と、狂《くる》ったように食べ物におそいかかってがつがつと数秒で食べてしまい、消化不良を起こしかねず、一方でお腹がやたらにふくれる。それが犬にとっていいことだとよく言われるが、実はわたしたちは、自分たちがそれを擁護《ようご》するのは自分のつごうのためであることを知っている。できるだけ手間が省ければ楽だから。あなたたちは思っている、朝、お粥《かゆ》を温めて、夜にまた、ああ、めんどう！　一日一回だけなら、御《おん》の字よ。

これと同じくてっとり早く、野蛮に、のちに犬が大病をわずらうと、彼の時間を尊重してやらず、ぎりぎりできるかぎり介護《かいご》をしてやらず、人間らしいやさしさで彼に別れを告げることも、あちらの岸辺のほうへとつきそってやることもせずに、いきなりあの世に送ってしまう。

生きとし生けるものすべてのように、犬にも自分の瀕死《ひんし》の苦しみをもつ権利がある。生きるための時間がある。死ぬための時間がある。忙《いそが》しいから、彼の苦しみに耐えられないから、彼の苦しみに悲しくなるから、彼の苦しむさまは不快だからという理由で、彼の時間を性急な処置で縮めることなどできない。病気は、見ていても、かかわるにしてもまったく美しくない。死者に涙するほうが、獣医もふくめて多くの人が思っているように、肉体が完全性を失って崩れてゆくのに立ち会うより気楽で、品位も保てる。だがスピードと匿名性《とくめいせい》というまったく現代的な要求のもとに忘れてはならない死ぬことの神聖さがあるのだ。

愛情は犠牲《ぎせい》のはらい方からもわかる、と言われたことがあり、そのためにわたしはわたしのジンニの世話をしつづけ、日に二回包帯を巻いてはまき直し、傷口に薬をぬり、受け入れるわずかな食べものや飲み物を与《あた》え、生ぬるいお湯で身体を洗って、消毒し、鎮痛《ちんつう》効果のあるクリームをぬってやった。最後には骨と皮ばかりになったが、わたしが部屋に入るのを見ると木の床《ゆか》を軽く尻尾《しっぽ》でたたいた。

ジンニの胸にもう手術のできない腫瘍《しゅよう》ができていた、少なくとも何人かの獣医がそう言った。その腫瘍が彼女《かのじょ》にとりついたのは不妊手術の失敗のせいらしい。確かなことを知る術はない。確かなのは、片方の胸がふくれだし、さらにふくれて、ついに彼女をむしばんだということだ。だがそれは七月になってから。そのまえは元気だった、散歩をし、食欲もあり、ぴょんぴょん跳《は》ね、家じゅうに散らばっている彼女専用のクッションの上で幸せそうに寝《ね》ていた。

仕事のために彼女を置いて二日間留守にした。出発のまえに、彼女がまだ何日かもちこたえるかどうか知るために、獣医、彼女を「殺そう」としたあの獣医ではなく、彼より若くて理解力のある、早めに「息の根を止める」ことに対するわたしの拒否を理解してくれた獣医に来てもらった。すると彼は、ええ、だいじょうぶです、予想以上にもちこたえるかもしれない、心臓がしっかりしているし、ごくわずかながら食べて飲むし、睡眠《すいみん》と排便《はいべん》という生命保持の機能がつづいているから、ずばりひと月ももつかもしれないと言った。「安心してお出かけください」と。

こうしてわたしは秘書の愛情ぶかい手に彼女をゆだねて電車に乗った。だが翌日秘書が電話をしてきて、もうなにも食べないと言った。そしてもう数時間で家に着くというときにまた電話があって、言ったのだ。「かわいそうなジンニちゃんが亡くなりました、どうしようもありませんでした」

あの見立てちがいのためにわたしはこれまで出会ったもっともかわいい生きものの死に目に会えなかった。彼女は攻撃《こうげき》や横暴さとは無縁《むえん》で、お祭りさわぎや遊び、愛情などに全身で反応した。わたしは彼女が生まれ育った山につれてゆきたいと思っていた。だが彼女は、まるで自分の病気のためにわたしに迷惑《めいわく》をかけたくないとばかりに、そのまえに、無言の思慮《しりょ》深さで、旅立った。

世界のなによりも彼女は草原や森の散歩が好きだった。ペスカッセーロリ[★3]の山荘《さんそう》にいるときは、いつもわたしの机の下の大きなクッションに寝そべっていた。まるで永遠にそうあってほしいと願う接触《せっしょく》を断ちたくないとばかりに、しょっちゅうわたしの足に顔をのせていた。でも散歩の時間が近づくとそわそわしだした。起き上がって、書斎《しょさい》を

Ginni

歩きまわる。決して邪魔をしたり、吠《ほ》えたり、悲鳴をあげたりしない。夏なら六時五分まえ、冬なら正午に椅子のそばに来て、わたしの腕《うで》を押《お》しはじめる、そっとそっと、ねえ、いつになったら書くのをやめるの？　散歩にいく時間よ、と言うかのように。

ドアを開けるとパッと外に出て、それから鼻で地面をなぞるように、まるで偵察《ていさつ》でもするように、先にたって歩き、ときどき、猟犬《りょうけん》だった遠い幼年時代の記憶《きおく》がよみがえるのか、片足をあげて立ち止まった。

だが、わたしが彼女を知ったとき、飼い主は彼女のことに無関心だった、なんのとりえもないと言っていたから。「兄のほうは狩《か》りの名手なのに、こいつはぼんやりで、いまだというとき、小鳥を巣から追い出すどころか、遠くへ行かせてしまう」。ずっとひとりぼっちにされ、小さいときにつけた金属製の首輪を替《か》えるのを忘れられて、それが首に食いこんで苦しがっていた。

ジンニはご近所の家をまわり歩いては愛情と関心を求めるのが習慣になっていた。わたしの家にも来た。わたしはなでてやり、喉《のど》がかわいているようなときはなにか飲ませ、人間に話しかけるように話しかけた。すると彼女は足しげくわたしの家を訪れるように

3　ペスカッセーロリ――南イタリアのアブルッツォ州の標高一一六七メートルの保養地、スキー場。作者の山荘がある。

なった。ドアを引っかき、台所に入ってくると、すわって、わたしが料理をするのを見ていた。食べ物よりもわたしが外に出るかどうか気になるようだった。わたしがコートをはおるとすぐにぴょんぴょん跳ねだし、公園のブナ林の長い散歩につれだすまで跳ねていた。

一度も吠えたことがなかった。聾啞《ろうあ》かと思ったほど。だがその後、声を出せるけれどめったに使わないのだということがわかった。ドアの外に出された、長いあいだ遠ざけられたなど、不当にのけものにされたと感じると、怒《いか》りをこめたさけび声を発した。

わたしたちが仲良くなって間もないころ、彼女の飼い主がわたしの家に来て、その犬は自分のものだから、わたしが家にいれておいては困ると言った。自由に好きなようにさせてやればいいじゃないですか！　とわたしは彼に答えた。わたしの家にしょっちゅう来るといっても、わたしが呼んでいるわけではなく、彼女が自分の頭で考えたことなんです。それはほんとうだ。

その日、飼い主は彼女をつないでつれ帰り、彼女も満足そうだった。ところが五分もたたないうちに彼女はまたわたしの家にいた。翌日もそのまた翌日もそうだった。ついに飼い主が電話をよこして言った。「どうです、飼ってくださるなら、差し上げます」まるでそんななまけ者で、最低の猟犬で、おまけに家の外をほっつき歩いてばかりいる犬はおはらい箱だと言わんばかりに。

こうしてわたしは彼女をもらい受けた。ローマの家につれてゆくと、彼女は愛情と友情をかけられたことに満足したようだった。きつすぎる鉄のチェーンの首輪をペンチで切って、やわらかい革製の首輪をつけてやり、ワクチンを打ってもらった。あちこちの山や海、あちこちの町に車に乗せてつれていった。

ローマで彼女は車が好きになった。家に置いてゆかれるより車の後部座席に何時間でも寝ているのを好んだ。うずくまって目を閉じ、わたしがもどって声をかけないかぎり目を覚まさなかった。そのくせ走っている車にはほんとうに慣れることはなかった。車は彼女にとって未知のもので、まるで害のない好ましいものででもあるかのように車輪の下にもぐりこもうとした。

小食で、いつも少ししか食べなかった。そのくせときおり狂おしい空腹におそわれて、台所の手足の届くものを手当たりしだいに盗《ぬす》むことをやってのけた。だがふだんはしないので、そういうときはこちらのほうが驚《おどろ》いてしまった。

ともあれ、たいがいの場合、彼女が大人の犬として生活を分かちあっていた黒猫《くろねこ》のカルボーネ（木炭）にわたしが作ってやる食事のほうがおいしいと思っていた。わたしが猫の皿に料理したばかりの魚を入れるのを見ると、そのにおいに誘《さそ》われてすぐにやってきて、取りあげないかぎりかならず、たんに自分のものでないものを呑みこむ楽しさで、それを食べてしまう。一方、彼女のためにお粥を深皿に入れてやっても、まるで関心がなさそうにクンクンにおいを嗅《か》ぎに行くだけで、いつまでも、わたしが大いなる愛情をこめて刻んだり料理したりした挽肉《ひきにく》やご飯や野菜を放置しておくのだった。

彼女は劇場の犬だった。わたしの戯曲《ぎきょく》の稽古《けいこ》をする俳優たちの演技を耳ひとつ動かさずに何時間でも聴《き》いていた。俳優たちの台詞《せりふ》にうっとりと聴き入り、ときどき首をかしげる、ここぞ聴くべきだと思うらしい台詞にもっと耳をすまそうとするかのように。

ほかの犬たちと遊ぶのが好きだったが、それはいばっていない犬の場合だけで、そうでないと、つんとしながら、こわごわ遠ざかった。朝、ヴィッラ・ボルゲーゼ★4につれてゆくと、幸せな散歩のとちゅうで、何色というのか、かたい毛の大きな雑種犬に出会うことがあった。彼女はことのほかその犬がお気に入りだったが、その名前はついに知らずじまいだった。飼い主が新聞を読んだり、わたしと少しばかりことばを交わしたりしているあいだ、その犬といつまでも遊んでいた。

いちど、彼女と足早にヴィッラ・ボルゲーゼの円形の大噴水《ふんすい》のほうに歩いていると、大型シェパードが女主人からはなれてこちらに向かってくるのが目にはいった。遊びたくて来たのかと思った。ところがその犬はジンニの首にとびかかって、肉に牙《きば》を埋《う》めた。

彼女を殺そうとしているようだった。わたしはその犬を蹴《け》っ飛ばし、大変な思いと、自分まで嚙《か》みつかれかねない危険をおかしてようやく彼を引きはなした。飼い主はその情景を見ているだけだったが、犬がしょんぼりもどっていくと、自分の犬を蹴ったとわたしをののしりだした。わたしは茫然とした。理由のない攻撃を謝りもせずに、かわいそうなジンニに嚙みついていた犬を蹴ったと腹をたてているのだ。ジンニが首に穴をふたつあけられて血を流し、キャンキャン泣いているというのに。

わたしは、若くてきれいな山羊のような顔の女性を落ち着かせようとしたが、わたしが話せば話すほど彼女はわたしを怒鳴《どな》りつけた。しかたなく彼女をそのままにして、血だらけの犬をつれて帰った。わたしはいつも真実には絶対に無視できない明白さがあると思っていた。それをごまかし、あざむくためのトリックがあることは知っているが、それをこれほどあからさまに、厚顔無恥《こうがんむち》に否定されると、そのつど息もつけないほどになってしまう。

待つことがジンニの運命で、そのことにわたしはときどき苦い罪悪感をおぼえた。街で用事があるわたしを車で待ち、仕事で家を空けるわたしを家で待ち、夜に芝居《しばい》や映画

4　ヴィッラ・ボルゲーゼ――ローマ第４番目の広大な庭園で、中にボルゲーゼ美術館をはじめとして、エトルクスク博物館、近現代美術館などがある。

に行くために家を出ると、ドアのうしろでわたしを待った。すわって、エジプトのお墓の犬のように、じっと動かずに、虚空《こくう》に目をこらして、待った。わたしのジンニはあんなに長く、愛情にみちて待っているあいだに、いったいなにを夢みていたのだろう！わたしには確信がある、彼女は、犬はそこからやってきたと言われている月の広い砂漠《さばく》でバラ色の野ウサギを追いかける夢を見ていたのだと。それともおそらく、その岸辺の白い小石とニワトコの茂《しげ》みのあいだを何時間も歩いたサングロ川★5の急流に足を濡《ぬ》らすことを想像していたのだろう。彼女は夜も夢をみた。ときどき眠っているあいだでも、息を切らして走っているかのように足を動かし、それからキャンキャン鳴いて、まさにクローバーの野原をギャロップしているかのように頭をゆらした。

いまになって思うと、不妊手術をすべきではなかった。だが街じゅうの盛りのついたメス犬は深刻な問題であり、公園に行けばすべてのオス犬が寄ってきて、その飼い主たちがあなたに腹をたてる。オス犬はいともかんたんに彼女におそいかかり、いちど交尾がはじまってしまうと、彼らにやめさせるのは不可能だ。そして彼女は妊娠《にんしん》し、子犬が産まれ、あなたはその子犬たちをどこにやったらいいのか、だれにあげたらいいのかわからない。殺すなんてあまりに残酷だ。そういうわけでわたしは彼女に不妊手術をさせたのだが、長い時間がたってから、その手術が失敗だったことがわかった。そのために腫瘍ができた。運わるく犬たちは話ができず、獣医たちはしばしばあまりに気楽だ。
わたしはいまでもあの姿を思い出す。全身に包帯を巻かれ、手足にピンク色の殺菌《さっきん》薬の跡《あと》をつけていたが、家のクッションの上での手術のあと、徐々《じょじょ》に回復していった。わたしは彼女がなげくのをいちども聞いたことがない。運命が彼女に送ってよこした痛みとつらさをストイックに受け入れ、いつもがまんづよく、いつも愛情深く、いつも従順で、愛らしかった。

人間と同じように、犬もそれぞれ個性があり、いつでも他のどの犬たちとも異なる。たとえばジンニは根は臆病《おくびょう》だが、臆病な犬特有の大胆《だいたん》さがあり、ほとんど価値がないと考えている自分の肉体ではなく、わたしという彼女の母親もしくは娘《むすめ》、あるいは家が脅《おびや》かされていると感じるとライオンになれる。彼女には動物だけがもっている忍耐《にんたい》力《りょく》があった。わたしたちがかたくなに主人と呼び、彼らは母親や父親のように見ている者たちに対して、嬉々《きき》として寛大《かんだい》だった。わたしはリードは犬たちにとってへその緒で、隷属《れいぞく》を強制する紐《ひも》ではないと確信している。

それゆえ、犬を路上に捨てるなんてとんでもない破廉恥《はれんち》行為だ。親が幼児を歩道のまんなかに放置するようなものだ。それに、これも言っておかなくてはならないが、子ど

5 サングロ川――アブルッツォの川。まさにペスカッセーロリが源流で、アードリア海に入る。

もは望まなくても「たまたま」やってくることもあるが、犬がたまたまやってくること はない。動物を家で飼うのは意志による行為で、責任がともなうのに、残念ながらみながみなそれを自覚しているわけではない。飼えないことがわかっているのに、あるいはそれが想像できるのに、なぜ犬を飼うのだろう？　といっても想像力をはたらかせるのはあまりふつうの行為ではないようだが。

まだあまりに多くの人が、さほど無知でも貧しくもないのに、毎年、かわいがっていた犬を田舎につれていって、そこに置き去りにし、罪悪感もなく全速力で走り去っている。いやたぶん、罪悪感はあるのだろう、だが、それでも、びくびくしながら卑劣《ひれつ》な行為に走るのをやめるわけではない。

内気さと忍耐力のほかにジンニは犬として貴重な特性をそなえていた。静かで、注意深く、愛情深いのだ。飼い犬や飼い猫《ねこ》の多くにみられる嫉妬《しっと》深さはなかった。彼女の欠点はなまけ者であること。それから、残念ながら、猟犬はみなそうだが、牛や馬の糞《ふん》のなかを転げまわるのが好きなのだ。他の犬の排泄物でそうすることもある。そのあと家に帰って、生ぬるいお湯で洗ってやらなくてはならないが、彼女はじっとがまんして、シャンプー、バスタオル、ドライヤーのプロセスに耐えていた。

人の声にとても敏感《びんかん》で、声を聞いて、わたしが彼女を叱《しか》っているのか、それとも日ごろのあれこれを話しているだけなのかがわかった。ソファーにのぼるのが大好きだった。そうしてはいけないとわからせようとしたが、効果はなかった。自分のささやかな意志を通そうと、頑固《がんこ》で執拗《しつよう》な手段をとった。家じゅうに、大きくてやわらかい、いつもきれいに洗ってあるクッションをいくつも散らばしておくのに、彼女はソファーによじ登って、そこで丸くなって散歩の時間になるのを待つのが好きなのだった。

いまわたしは彼女がいなくてとても淋《さび》しい。朝起きると、わたしの視線は、彼女の白と黒の、いつもほっそりエレガントな身体が、黒く湿《しめ》った鼻が、生まれたての一日に驚いてひらく生き生きとかがやく目が、まだそこにあるような気がして、ドアのそばのクッションのほうへ走る。

わたしは彼女が、死んだ犬がみなそこで出会うという月に行って、神秘的なクレーターの砂原のあいだを走りつづけていると思いたい。月には植物がないから、おそらくそこには木はないだろうし、たぶん少しはわたしがいなくて淋しいだろう。けれどもわたしはもう知っている、一日の決まった時間になるとすわりだして、じっと動かずに、鼻を上に向けて、遠くから地球を、宇宙の闇《やみ》のなかを回っている青と白のこのうえもなく美しい球体を眺めるだろうことを。そしてそんなポーズをとっている彼女は、時の番をしているというエジプトのがまんづよい犬たちに似ているのだろう。

# 犬はどこから来たの？

Da dove vengono i cani?

犬はどこから来たの？　ヒヤヒヤしながらの質問だった。パレルモで、病気だった夜な夜な放たれ、枕《まくら》にしみついた質問。

「プシコポンポ」このことばをおぼえている。とても美しいアウレーリアおばさんが、くちびるをすぼめ、鼻の下にしわを寄せて、そう言った。長くてきれいな脚《あし》、ロマの女性のようなイヤリング、わたしにはもう数えきれないほどの男性に言い寄られていた。

「プシコポンポというのはね」、と彼女《かのじょ》は皮肉っぽい物知り顔で説明した、「魂《たましい》という意味の《プシケ》と導くという動詞《ポンペイン》の派生語《ポンポス》が組み合わさってできたことばよ」彼女は舌先でくちびるを濡《ぬ》らした。「つまりあの世へ行く夜の人間の導き手」そして顎《あご》に咲いた花のようなチョコレート色のホクロを二本の指でなでた。

犬は、と彼女は言った、月から来たの。砂の生きものなの。飢《う》えた亡霊《ぼうれい》のようにあの真っ白な荒《あれ》れた土地に住んでいるの。わたしたちはその土地を、目玉焼きのような小さな山々を見た、アウレーリアおばさんとわたしは、花がらのソファーにすわって、テレビのスクリーンを前にして。

おしろいのように軽い砂の雲をはらいながらゆっくり進んでゆくプラスチックの巨人

のおぼつかない足取りをはらはらして追った。ヒューヒューという音に混じって、しゃがれ声が、いまここに、月の上にいます、うれしいですと言って、彼《かれ》の祖国の大統領にあいさつを送り、星条旗が地平線にだらりと下がっていた。

アームストロング氏[★6]は――彼についてアウレーリアおばさんは、デンマークに着いて、ハムレットもふくめた全員が死んでいるのを見つけた将軍と同じ名前だと言った――長いインタヴューで、月には生命体はないと語った。なにもありません。果てしない石だらけの土地、煙《けむり》のような砂、打ち捨てられた谷と山々ばかり。ただ、ある地点で、中で砂が水のようにゆれている白くまぶしい小さな窪地に犬の痕跡《こんせき》を見つけました。

「チノチェーファリ《犬の頭をもつもの》」は、とわたしの母親代わり、父親代わりのアウレーリアおばさんが力をこめて言った。「エジプトの死者の世界の門口にすわって、氷と闇《やみ》の世界を外からの侵入《しんにゅう》から守っているの」

だから、このやわらかくて毛の多い、鼻のとがった動物は、月から来た「プシコポンポ」なのだった。デンマークに侵入し、毒がまわって死んだハムレットを発見したアームストロング氏は、月の土地に犬の痕跡を発見した。これはひとつの事実だ。おそらく

**6** アームストロング――ニール・アームストロング（一九三〇―二〇一二）アメリカの宇宙飛行士。一九六九年七月二〇日、人類初めての月面着陸に成功した。

エジプト人はそのことを知っていたのだ、月とあんなにも親しい関係にあった彼らは。

ムリーノも、水のないあの土地から来た。彼を見てすぐに、それがわかった。はじめて彼がわたしを見たとき、わたしは彼がわたしを母親代わりにするだろうとわかった。ひとりぼっちの、愛情をめぐる悲劇に慣れた犬だった。どこから逃《に》げ、だれに捨てられたのか、どんなときでも切りぬける術を身につけていた。捨て犬だった。そして飼い主を探していた。

わたしは、いつもの土曜日のように、田舎にいた。終わったばかりの愛のために心がくだけそうだった。門のそばに隠《かく》れているやせた、赤っぽい姿が見えた。わたしを疑わし気にちらりと見た。一瞬《いっしゅん》、見つめあった。彼はすぐにわたしが野良犬を追いはらう人間でないことがわかった。近づいてきた。尻尾《しっぽ》が風車のようにくるくる回っていた。そんな尻尾、見たこともない。どの犬でもするように、ゆらしたり、お腹をパタパタたたいたり、ビュンビュン風を切ったりするのでなく、狂《くる》ったクランク★7みたいに、完全な円を描《えが》くのだ。見ていておかしくなる。ムリーノ（風車）と名前をつけた。

だがローマにつれて帰るつもりはなかった。捨て犬がわんさといるから。田舎ならいつでもなにか食べものが見つかるわ、と偽善《ぎぜん》的に自分を安心させた、意地悪な野犬狩《が》りもいないし。夜は干し草置場を見つけて、そこで眠《ねむ》れるわ。

だがわたしは、絶望し、生きるために愛情を見つけようと決心した犬のひたむきさを計算にいれていなかった。

彼は森の散歩についてきた。その森はわたしの宝物だ。そこに家を買ったのは、まさにその鬱蒼《うっそう》と茂《しげ》る森に近いからだ。わたしは所有主がそれを伐採《ばっさい》して別荘地にしないかとびくびくして暮らしている。以前は教皇庁のある会社のものだった。いまはミラーノの金持ち企業が所有主で、森をどうするのかわかりはしない。何ヘクタールもある公園で、栗やカラマツ、カシ、プラタナスなどの森に、薬草畑、自然のままの丘陵《きゅうりょう》地帯、底のほうでいつもうずまく急流が流れている通行不能の溝《みぞ》などがある。

ムリーノが早足で前のほうを駆《か》けているあいだ、わたしは「少しひとりになりたい」と言ったSのことを考えていた。意味はわかっていた。わたしも何度かそう言ったことがある。愛が消えたと宣言しないための言い方だ。

わたしは不幸な愛には向いていない。愛し返されなければ愛さない。だがわたしにとって二人旅はいつもとつぜん終点になる。たぶんわたしがあまりにそれにひたっているからだろう、たぶんわたしの持続の感覚が、愛する人のそれと異なるのだろう、たぶんわたしが未来に恐怖《きょうふ》をいだいているからだろう。あるとき気がつくとひとりになって

## 7　クランク――往復運動を回転運動に、そしてその逆に変える機械装置《そうち》。

いる、そのことはわかるが、どうしてそうなったのかはわからない。

わたしは問いただださないこと、無理強いしないこと、さわぎ立てないことを身につけた。そんなことはなんの役にも立たない。それどころか、ことを悪化させるだけだ。微笑んで、「そう、わたしも、おたがいに離《はな》れていたほうがいい、それぞれがそれぞれの責任で、と思う」と言うほうがよほどいい。

それでもそのつど、新たな喪失感《そうしつかん》がどっと世の終わりのようにおそいかかる。その苦しみは経験ずみだし、それを予感し、それが近づくのを認め、誠意をもってそれを受け入れはするけれど、愛からの別離《べつり》にはなにかあまりに凶暴《きょうぼう》なものがあって、わたしは決してそれに慣れることができない。

ムリーノは先にたって、本物と思えないほど緑の濃い栗の葉の下を駆けていた。それから急に足をとめた。ふり返って、わたしを待っていた、舌をたらし、じっとがまんづよい目をして。彼がわたしを受け入れようとしていたのだ、わたしが彼をではなく。下からわたしを、いわくありげに、見上げる、あなたはぼくに食べものと寝《ね》場所だけください、ぼくはあなたにおおらかで世話好きな母親の喜びをあげましょう、と言うかのように。

夜、ローマに帰るとき、彼をつれて帰らなかった。留守にするとき、彼をどこに置いたらいいの？　と思ったのだ。一日二回散歩につれていかなくてはならない。もう自分のことだけで手いっぱいじゃないの？　それに芝居《しばい》を観にいくとき、彼をどこに置けばいいの？　そのときは、彼が完璧《かんぺき》な劇場の犬になって、舞台《ぶたい》下の最前列の席に何時間も丸くなって寝て、決して吠《ほ》えず、うるさい動きもせずにリハーサルに立ち会っていることになろうとは知らなかったのだ。

翌週の土曜日に田舎へもどった。ますます暑くなっていた。地面は太陽に焼かれてバラバラくだけて死んでゆくようだった。物がパラパラはがれるような、発酵《はっこう》するようなにおいがした。澄んだ空気はピンとはりつめ、いまにも裂《さ》けるビニールクロスのようだった。あちこちで森が燃えていた、いつもの夏のように。鼻をつく煙のにおいがした。家の裏の森も焼けるのではないかとこわくなった。そして実際に火はすぐ近くまでやってきた。だが奇跡《きせき》的に栗林のはじで火は止まり、道路側のハリエンジュ林を灰にしただけだった。

家の前の松の木の下に車をとめるとき、真っ先に目についたのがムリーノの赤っぽい鼻だった。一瞬、とまどったようにわたしを見た、大喜びで出迎《でむか》えていいのかどうか迷っているかのように。わたしのほうから名前を呼んでやると、矢のように飛んできて、熟練の曲芸師が踊《おど》るときのように、わたしの背中に両足をかけた。

その日からムリーノはわたしと一五年間暮らすことになった。わたしは彼をローマにつれて帰り、犬小屋と食事用の小ばちを買ってやった。ピョンピョン跳《は》ねること、心奪《うば》われたような長い沈黙《ちんもく》、空腹時のふきげん、恋の季節の激情、わたしが窮地《きゅうち》にあると思ったときの母親らしいおせっかい、わたしが家を空けて彼を他人に預けるときのむっとした態度、果てしない頑固《がんこ》な忍耐《にんたい》ぶりに、わたしは慣れた。

いちど迷子になったこともあった。車のあいだのメス犬を追いかけているうちに姿が見えなくなった。新聞広告を出すはめになった。翌日、ねっとりした声の女性が電話をかけてきた。「ワンちゃんのお名前はなんですの？」

「ムリーノです」と答えた。「呼んでみてくださいな、受話器を耳に近づけてやりますから」。怒《おこ》って吠えているのが聞こえた。夫人は笑っていた。わたしは「ムリーノ！」とさけんだ。夫人が言った。「ええ、彼ですわ、尻尾をふっていますもの。いえ、ふっているというより完全な円を描いています、こんな尻尾、見たことがありませんわ」

つぎにいなくなったときは地獄《じごく》の苦しみを味わった。アウレーリアおばさんが車を貸してくれて、あちこち野犬収容所を探しまわった。柵《さく》に顔を近づけると、犬たちがクンクン鼻を鳴らして甘《あま》え、絶望的に助けを求めてきた。自分たちの行き先がガス室であることを知っていて、引きとってもらいたがっているのだ。なんと悲しいこと、かわいそうなお月さん、どうしたらいい？　いちばん小さい二匹《ひき》を買い受け、あとで田舎で放してやった。

ついにわたしは見つけた、わたしの迷子を、しかも二度目の迷子。一〇日前に食事をしにいった友人の山荘に閉じこめられていたのだ。絨毯《じゅうたん》の上にすわり、メキシコの犬のように、まさに闇の国の門口で番をしているプシコポンポのように足を交差させて、わたしを待っていた。

一〇日間、なにも食べも飲みもしなかった。眼球が飛び出て、涙《なみだ》をためていた。だが彼はそこに静かに、風の神のようにいて、ひと足踏《ふ》むたびにおしろいの雲が立ちのぼって空をおおうあの月の広がりを思い出していたのだろう。雲と雲のあいだに、目をこらすと、青く丸い、蒸気のスカーフのようになる、もやもやした靄《もや》のようなものに包まれた地球が見えるのだ。

「プシコポンポには、ヘルメース[8]のように、神通力があったの」アウレーリアおばさんの声。でもあなた、どうしてあの人が美人だなんていうの？　クラスメイトのラウラはそう言っていた、脚が長すぎるし、お尻《しり》が上すぎて警官みたい。それに目の下にパンチ

**8**　ヘルメース――ギリシアのオリュンポスの一二神の一人。夢と眠りの神でもあり、霊魂《れいこん》を霊界《れいかい》に導くプシコポンポの役目をになう。

をくらったみたいに黒い隈《くま》ができている。でもわたしは彼女がそう言うのは嫉妬《しっと》のせいだとわかっていた。彼女だって、おばさんを散歩につれだそうと列をなしている男たちを見たでしょうに？

「あの世のことをとてもよく知っているので、医学の神のアスクレーピオスはいつも彼を身近においていた。いつも身を投げだそうとしているあの大きな目に、秘密の知恵《ちえ》を秘めているわ」

わたしは何年も彼といっしょに暮した、ムリーノと。何時間もかかるリハーサルのために劇場につれていくと、彼は舞台下にうずくまるか、わたしの席のそばに横になるかして待っていた。けっして眠らなかった。

静かに、前脚をのばして重ね、後ろ脚を身体の下に入れて、まじめで注意深い、夢みるような目で、見ていた。耳は音や声のする方向に向かって動く構えができていた。ときどき、対話の台詞《せりふ》を追って、こちらの声から相手の声へと、テニスの試合に熱中している観客のように顔を移動させていた。

アウレーリアおばさんに対しては、ややぎこちない、うきうきした、騎士《きし》のような態度をみせた。わたしが彼をおいて外出すると、食事時間になると彼女を呼びにいき、そっと彼女のスカートを引っぱって台所へ向かう。食べ物にかんしてはほんとうに気まぐ

れだった。最大の好物がアンズ。アウレーリアおばさんが言うには、ほかの犬なら吐《は》きだしてしまうという。ほかにワインにアイスクリーム、牛乳をかけたイチゴが好きだった。

それからある日、アウレーリアおばさんは年下の体操の先生と家を出ていった。そしてわたしたちだけになった、ムリーノとわたしと。とても悲しく、たえず昼夜逆転でめちゃめちゃになった、なぜならば家の時計は、その文字盤《ばん》に時を刻む心棒《しんぼう》は、おばさんだったから。

彼女が四九歳で子どもを産んだとき、ムリーノとわたしは彼女の新居に会いにいった。アイスクリームをもっていったが、彼女は授乳のことしか頭になく、わたしとムリーノだけで食べた。アウレーリアおばさんは太って、ほほがなにやら満足でいっぱいにふくらみ、まるで世界じゅうの風をぜんぶ吐きだそうとする風神アイオロスのようだった。

彼女は以前の美しさのなにかを失った。腰まわりがひろく、くちびるが厚ぼったくなり、もうプシコポンポやあの世のことを話さなくなった。体操の先生は良き夫ぶりを見せ、いつも笑顔で、遅《おそ》く生まれた息子と、これ見よがしに《ぼくのベターハーフ》と呼ぶ妻への愛に浮《う》かれていた。

わたしのプシコポンポをひとりにしておけないので、劇場やレストラン、地方公演にまでつれていった。彼の荷物は、赤い首輪のほかに、名入りの金属プレート、水用の深ばち、餌《えさ》用の小ばちだった。

劇場では、けっして吠えないので、みなに愛された。たしかに犬の吠え声はなにか不都合なことを思わせる。へぼ役者を《犬》というのも理由のないことではない。ムリーノは楽屋で前脚を交差させてわたしを待っていた、鼻がますますかわいてひび割れができ、目がますます飛び出て、おぼろ月のようなベールがかかって。目が見えなくなりだしていたが、そのためにわたしを見失うことはなかった。フィレンツェやジェーノヴァ、ピーサ、フォッジャなどの通りを姉と弟のように歩くとき、車を避《さ》けることができた。

ホテルが彼を受け入れてくれないときはほかのホテルを探した。そしてどうしてもホテルが見つからないときは、彼を毛布にくるんで車においた。すると彼はまるでミイラのように、一ミリも動かず、目を憂鬱《ゆううつ》そうに見ひらいて、はやく出発するのを待ちながら眠らない夜を過ごすのにそなえるのだった。

ついに、わたしがチェーホフを朗読するために近くのアヴェッリーノの町に行ったときに、彼は死んだ。ホテルの一室で、夜中に、ベッドの奥のマットの上で。最後のころは目が見えなくなって、わたしが、車から劇場へ、劇場からホテルへ、ホテルからレストランへと彼を抱《だ》いて運んだ。彼はいくぶん気むずかしいながらかしこく世話をされるにまかせた。病人がみなそうであるように、気まぐれになり、予想がつかなくなった。ある日、ついに楽屋で吠えて、芝居の邪魔をしてしまった。だがわたしの眠りの邪魔をしないで逝《い》ったのだ。わたしはお別れのあいさつをしたかったのに。だが彼は暗闇《くらやみ》のなか、冷たいけれど、いつものように前脚を交差させ、顔を曲げて足の上にのせたままの小さな身体をわたしに残して、あいさつなしに立ち去ることを選んだのだ。

こうしてわたしが彼のプシコポンポの役目をすることになった。伝承では犬が飼い主を氷の国へ導くことになっている。だがわたしが彼をその禁断の扉《とびら》の前につれてゆき、その門口でわたしは驚《おどろ》いて足を止めた、自分が、月の小さな半円でやっと照らされているだけの暗い空を前にしているのに気づいたから。

# アイスクリームが好きな黄色い犬の話

Storia di un cane giallo che amava il gelato

これは、脚《あし》の曲がった、黄色の小さな、その名を知ることのなかった犬の話。出会いは、ある朝、スポレートで、★9 トッリ橋の方へ散歩をしていたときのこと。わたしがアイスクリームを食べているのを見て寄ってきた。フラーヴィア、あなたも知っているように、犬はたいがいアイスクリームが好きね、でも彼《かれ》の場合は並みじゃなかった。

少し手にのせて与《あた》えると、すっかり満足して、散歩が終わるまで尻尾《しっぽ》をふってついてきた。鼻がとんがった変な犬で、歯は残酷《ざんこく》な狐《きつね》のように鋭《するど》いのに、目はやわらかく、やさしかった。

スポレートに行ったのは、次の日曜日に公演されるわたしの戯曲《ぎきょく》のリハーサルのためだった。朝一〇時にホテルを出ると、彼が待っていたけれど、たまたまその辺を通りがかっただけというように知らんぷりをした。

三日目に、わたしはわたしたちのあいだに契約《けいやく》が成立したのに気づいた。彼が忍耐《にんたい》強くホテルの外でわたしを待ち、リハーサルについてくる、わたしが彼にアイスクリームを半分あげる。劇場の入口に着くと、彼はちらりと共犯者のような目で見て、町の高台のほうへ向かう石段をのぼって姿を消した。

午後はどこにいるのか、姿を見たことがない。むろん首輪をしておらず、これまでもしたことがないようだ。たぶん、小さな町で、野良犬が歩いていてもおおらかに見逃《みのが》されているのだろうが、それでもその一匹《ぴき》がなにかめんどうでも起こすと、たちまち市民のあいだに群集心理の復讐心《ふくしゅうしん》が目覚めて、大変なことになる。ある朝、何者かの手で毒を盛られた犬たちが道端《みちばた》で死んでいるのだ。

スポレートの町の散歩はほんとうに楽しい。たくさんの階段を登ったり降りたりし、それまで隠《かく》れていた、このうえもなく美しい小さな広場が目の前にふいに扇《おうぎ》のようにひらけてびっくりし、それを横切っていると、夢からあらわれたような二色のステンドグラスの薔薇窓《ばらまど》★10のついた古い教会や、木彫《きぼり》の大扉《おおとびら》と恋するオルランド★11の隠れ家を想わせる空中庭園のついた宮殿《きゅうでん》などに出会う。

**9** スポレート――ウンブリア州ペルージャ県の町。毎年六、七月に行なわれるスポレート音楽祭で世界的に有名。

**10** 薔薇窓――中世やルネサンス期の教会のファサード（正面）にはめこんだバラの花のような円（まる）い窓。ステンドグラスが二色なのは中世の教会が多い。

**11** 恋するオルランド――マッテーオ・ポイアルド（一四四一ごろ―一四九四）の騎士道叙事詩『恋するオルランド』の主人公。ルドヴィーコ・アリオスト（一四七四―一五三三）がルネサンス期最大の長篇騎士道叙事詩『狂えるオルランド』に仕上げた。

初日の前日、わたしは黄色い犬といつもより長い散歩をした。翌日は町を出ることがわかっていたので、彼と別れるのがつらかった。彼はいつものように、大人しい、繊細《せんさい》なようすでついてきた。アイスクリームを二人分あげると、尻尾をさかんにふって感謝の意をあらわした。

夕方、わたしは彼を探した、彼に会えればいいことがあると思ったのだ。だが彼の姿はなかった。そして舞台《ぶたい》はさんざんだった。客席の半分に音が届かなかったのに、わたしたちはそれに気づかず、俳優の台詞《せりふ》が聞こえない観客が抗議《こうぎ》した。それから芝居《しばい》の四分の三のところで電気系列が故障してコンピューターのメモリーが消え、俳優たちは苛《いら》立《だ》ちとざわめきのなか、なんとかその場を切りぬけなくてはならなかった。その後は一転して成功裏に終わったが、その夜はそれを知る由もなく、わたしたちは汗《あせ》びっしょり、神経はズタズタ、大声で泣きたい思いでホテルにもどった。

翌朝、車に荷物を積んでいると、黄色い犬がホテルのあたりをうろついているのが目に入った。わたしは彼にあげるアイスクリームをもっていなかったし、急いでいた。だが彼はアイスクリームのことなどどうでもよいらしく、わたしにあいさつするためにそこに来たのだった。車に乗って、ドアを閉め、エンジンをかけたときにはじめて、彼があまりに甘《あま》くやさしいまなざしを向けてよこしたので、わたしは出発できなかった。エンジンを止めて、ドアを開け、最後にもういちど彼をなでてやった。

そのうちに彼ははやくもいつものぶらぶらのろのろした歩きかたで遠ざかり、角ごとに立ち止まっておしっこをした、わたしたちが数日間の友人であったのを見ていた石だたみに自分自身の思い出とにおいを残そうとするかのように。

# 文句たらたらの犬

Il cane brontolone

若いころ、ディーナという画家の友人がいた。いっしょに山歩きをした。ディーナはガレオーネ（大型ガレー船）という名前のずんぐりしたダックスフントを飼っていた。あんな短足の犬に名前が長すぎない？　フラーヴィア、あなたならそう言うでしょうけれど、ディーナはひねた見方をするくせがあって、自分の犬に名前をつけるとき、たぶん、ラテン語の《ルクス・ア・ノン・ルケンド》（森はかがやかず[★12]という語から出ている）という格言を思い出したのね。あなたはまだラテン語を習っていないから、この格言は少しわかりにくいでしょうけれど、かんたんなことなの。ラテン語でルクスは森、暗い場所なのにルーチェ（光）と同じ語源の動詞ルケーレ（かがやく）をもつ名詞なの。そうなると森は「かがやく」けれど「かがやかない」場所になるわけ。

ディーナは大きなキャンバスに不思議な風景を描《えが》いていた。彼女《かのじょ》がキャンバスに向かっているあいだ、ダックスフントのガレオーネはその足元にうずくまっていた。たまに彼《かれ》のはちみつ色の背中に絵の具がぽとりと落ちると、彼はたちまち犬流のおおさわぎをはじめる。鼻息を荒《あら》くし、息を殺して唸《うな》り、喉《のど》を鳴らして吠《ほ》えて、不注意から彼にそんな屈辱《くつじょく》を、舌で四〇回なめても消えないべたべたの代物を落とした女主人にからみつく。

たしかにガレオーネはひときわきれい好きで、誇《ほこ》り高く、自分がよごされるなんてがまんできない。でも実際は、ほとんどなにもかもががまんできないの。疑い深くて文句たらたらの犬なの。

ディーナはミラーノの画商のところへ行くときは、彼をひとり家に残して、食べものを山盛りにしておく。でも彼は彼女が帰ってくるまでひと口も食べない。またディーナの婚約者《こんやくしゃ》が彼を散歩につれだしてやろうとドアを開けると、怒《おこ》って唸る。一日じゅうまったくひとりで閉まった窓ガラスの前にいるほうが好きで、だれかが道のほうから立ち止まって見たりすると、牙《きば》をむいて怒った。

そのくせガレオーネはディーナがもどってきても、あいさつひとつしない。つんけんして、そばに寄ってもこない。彼女が、「でもガレオーネ、なんにも食べないと、飢《う》え死にするかもしれないのに」と言うと、彼は眉《まゆ》をつりあげる、「わかったでしょう、ぼくを飢え死にさせるところだったんだ、あなたはまったくひどい母親だ」と言わんばかりに。

**12** ルクス・ア・ノン・ルケンド――語源の矛盾だが、一般的に、筋のとおらないこと、逆説的なことにつかう。

ディーナはまた絵を描きはじめ、彼は彼女の手がパレットとキャンバスを行き来する範囲《はんい》内にすわるので、ときには、どんなに彼女自身が注意しても、リンドウの青色や、牛血の赤色が一滴《いってき》、ダックスフントのガレオーネの頭や背中に落ちる。すると彼は、怒ったり、なげいたりしてぶつぶつ文句を言い出す、ついに彼女が静かにしてね、と頼《たの》むまで。

山へ行ったとき、ディーナはガレオーネをリュックに入れてつれてきた。そして彼は大人しく、静かに、リュックから顔を出して、むっつりあたりを眺めていた。ほんとうは寒いのがきらいで、山にも嫌気《いやけ》がさしていたのだが、ディーナの背中にせおわれて、身体が温かかったうちは文句を言わなかった。彼女が彼を草原に出して、走らせてやろうとしたとたんに、彼は短い脚《あし》でのびをすると、そうぞうしくあくびをして、文句を言いだした。

ディーナは彼のお尻《しり》をポンとたたいて、言った。「ほら、走りなさい、ガレオーネ、陽が出ているし、外にいるのよ、気持ちがいいわよ」だが彼は、二歩ほど歩いただけで、むっつりとしてもどってきた。明らかに、街のアトリエにうずくまっているほうが好きなのだ。そこではすべてが見慣れた、予想のつくものだから、ときどき彼の上に落ちてきて彼を大いに怒らせるあの絵の具の滴《しずく》も。

# とてもエレガントな小犬

Una cagnolina molto elegante

わたしの家の階下に、だれにでも笑顔をふりまく礼儀《れいぎ》正しい老人の公証人が住んでいた。その公証人はビジュー（宝石）という名前のとてもエレガントな、小犬を飼っていた。このビジューはオートクチュールのモデルのように歩いては、お尻《しり》をふりふり、つややかなブロンドの毛のマントをしゃなりしゃなりとゆらした。

鼻は小さくて低く、息づかいも短く、尻尾《しっぽ》はふさふさ。公証人は毎朝せっせとブラシをかけ、前髪を頭のてっぺんにまとめて、赤と青のリボンを結んでやった。

九時ごろ、二人が歩道を歩いてゆくのが窓から見えた、ラクダのコートでお腹をぴっちり包み、ピカピカの黒い大きな靴《くつ》をはいた公証人が前、その後に、いつもきれいにブラシをかけ、香水《こうすい》をふりかけてもらっているビジュー。まるで、見てちょうだい、ほんとうにきれいでしょ、わたしは名前どおり、宝石よ、と言うかのように。

二人とも門番にうやうやしくあいさつされて玄関《げんかん》を入り、午後になるまで姿を見せない。日中は彼女《かのじょ》は公証人の机の下に音ひとつたてずにうずくまり、まさに猫《ねこ》がそうするように、舌で毛づくろいをしている。

ある三月の朝、玄関を入ろうとして、公証人が歩道にばったり倒《たお》れた。そのとき小犬

Una cagnolina molto elegante

のビジューはとまどってあたりを見まわしていたが、それからパッと彼《かれ》の胸に跳《と》びのり、そこにすわったまま番をして、だれにも近づくのを許さなかった。

救急車が着き、緑色の制服の看護師たちが降りてきて、地面から公証人を抱《だ》き上げようとすると、ビジューはその一人の手に噛《か》みついて、血が出るほど傷つけた。もう一人の見るからに筋骨たくましい看護師がとっさに荒々《あらあら》しく彼女を家の壁に投げつけた。

死んだ、とわたしは思った。ところが彼女が短い脚《あし》で立ち上がり、ぶるっと身をふるわせると、怒《いか》りもあらたに自分を投げた男の足首めがけて突進《とっしん》するのが見えた。

そのとき、公証人の秘書があらわれなければ、ビジューは殺処分になっていただろうと思う。秘書は金髪《きんぱつ》のとてもやさしい女性で、ビジューのことをよく知っており、そっとイチゴキャンディーをあたえてなつかせていた。そして、看護師のズボンから小犬を引きはなすと、だれも、そんなに吠《ほ》えるのを見たことがないほど吠えつづける彼女をつれて玄関を入った。

公証人は翌日死に、小犬のビジューは彼の娘《むすめ》の一人に引きとられたが、この娘は前《まえ》髪《がみ》にブラシをかけることも、赤と青のリボンを結んでくれることもなかった。

# 白黒ぶちのスピノーネ

Uno spinone sale e pepe

ある日、道を歩いていると、一匹《ぴき》の犬が、濃《こ》いひげに大きな潤《うる》んだ目の、白黒ぶちのスピノーネが、わたしのとなりに来て歩いた。首にPとかたどった銀のペンダントを下げていた。あきらかに迷い犬で、わたしは一週間連続して新聞広告を出した。だが、だれも名乗り出ないので、ついに自分で飼うことにした。例のPに敬意を表して、ピノーロと名前をつけた。穏《おだ》やかで、陽気な犬で、近眼だった。遠くの木を人とまちがえたり、ゴミの入った袋《ふくろ》を犬と思ってうれしそうに走っていったりした。事実、彼《かれ》が好きなのは遊ぶことで、遊び疲《つか》れることがなかった、もう子犬でもないのに。

なかでも好きなのが石投げ。遠くに投げてやればやるほど、満足だった。何時間でも、飛《と》んだり、転がったり、跳ねたりする石を追いかけた。ひと休みするときも、石をくわえてわたしのところにもってきて、また投げてくれるのを待った。

わたしがすっかり疲れて、もうおしまい、とさけんで、本を読みだすと、わたしの腕《うで》や脚《あし》を鼻でつっついて、また遠くへ石を投げてやるまでそれをやめなかった。

海辺では、海に石を投げてもらいたがった、そうするとピョンピョン跳んで、鼻を鳴らして水に飛びこめるから。彼の熱狂《ねっきょう》ぶりは大変なもので、海面下二メートルまでも飛びこんで、追いかけていた石を探し当てる。

彼と海辺にいるときは、本を読むのも、日光浴をするのも、静かに会話をするのも不可能だった。寝《ね》そべっていると、わたしのお腹に石をのせて、濡《ぬ》れた鼻で喉《のど》のほうへ押《お》してくる。砂の上に本をおいて読んでいると、石を本のページの真ん中に置いて、濡れた砂だらけにしてしまう。

それがあまりに度を過ごすようになったあるとき、浜辺《はまべ》で焚《た》き火《び》をしているのが見えたので、わたしはその真ん中に石を投げいれて言った、さあ、どうする？ 見せてよ！ ところが彼は、ライオンさながらの勇気を発揮して火のなかに飛びこみ、石をくわえてわたしのところにもってきたのだ、尻尾《しっぽ》をふって、英雄然《えいゆうぜん》として、眉毛《まゆげ》を焦《こ》がし、耳の毛から煙《けむり》をあげて。

彼が一三歳《さい》になったころ、壊疽《えそ》ができ、獣医《じゅうい》が言うように「苦しませないために」死の注射が打たれた。だがわたしは二度とあんな残酷《ざんこく》なことには同意するまいと誓《ちか》った。たとえわたしの腕のなかで死んだとはいえ、彼が息を引きとるまえにわたしに向けた視線、絶望と恐怖《きょうふ》とやさしさ、信頼《しんらい》、みじめな降伏《こうふく》のいりまじったあの視線をけっして忘れることができないだろう。

あの経験のあとでは、「苦しませないために」とさかんに言いふらされてきた考えはわたしには偽善的《ぎぜん》だと思われた。実は苦しみたくないのはわたしたちのほうで、あまりに長くつらい断末魔《だんまつま》の苦しみに直面しないために、急いで彼らを追いはらうのだ。

だが犬は、人間と同じように、彼の生と死の時間についての権利をもっており、わたしたちが自分のつごうでそれを早めたり遅《おく》らせたりすることなどできないのだ。以来わたしは獣医が「彼を苦しませないために注射をしましょう」と言っても耳を貸さないことにした。犬が、彼だけの、ほかのだれのでもない生物学的なリズムにしたがって死にたいとき、死ななければならないときに、死なせるようにしている。

残念ながらペットの動物とわたしたちの関係には、わたしたちの寿命《じゅみょう》にくらべて彼らの寿命が取りかえようもなく短いという不幸がある。それゆえ、わたしたちは自分たちのもっともたいせつな友だちの死に身を切られる思いでくりかえし立ち会う運命にあるのだ。

# 食べ物より自由を愛したアイルランド犬

L'irlandese che amava la libertà più del cibo

いつも喉《のど》が苦しいので、エアゾール治療《ちりょう》をしてもらいに朝八時に家を出た。そのころわたしは孤独《こどく》で落ちこんでいて、そんなとき、真っ先に喉がそれを感知する。

信号が変わるのを待っていると、脇《わき》にたらした手に温かい息づかいを感じた。下を向いて見ると、背が高くて美しい、赤毛の犬がいわくありげな目でわたしを見ていた。わたしは彼《かれ》をなでてやり、そうやってさわっているうちに、わたしと同じ通りに住んでいるサッカー選手がこんな犬を飼っているのを思い出した。ポップという名前だったような。ある日、友人の家で、彼らに、犬とその飼い主に会ったことがあった。わたしは彼に声をかけた、ポップ、どうしたの？　すると彼は尻尾《しっぽ》をふった、やっぱり、まちがいない、彼だ。

わたしたちはいっしょに信号をわたり、エアゾール治療の器械が待っている病院のほうへ向かった。彼はまるでつま先で歩くように、すばやく、軽やかに、優雅《ゆうが》に動く。

病院に着くと、彼はマットにすわって、がまんづよくわたしを待った。わたしが出てくるのを見ると、わたしだと確かめるかのように近寄ってきて、わたしの手に息を吹《ふ》きかけ、わたしと並んで早足で歩きだした。

おもしろいことに、だれも彼のひとり歩きを気にしない。野犬狩《が》りたちは少し先を飼い主が歩いているのだろうと思って放置している。通行人は人に迷惑《めいわく》をかけないように、口輪もリードも必要ないほどきちんとしつけた男もしくは女からちょっと離《はな》れただけなのだろうと思った。

そして彼、ポップは、とてもかしこくて、どこでも、ひと目を引かずに、完璧《かんぺき》な自然らしさで動く術を心得ていた。信号では青になるのを待ち、殺意をもった車と停まって通してくれる車を見分けることができた。意地悪な人間を避《さ》けて、いつもエレガントで控えめな、ひとり歩きを保っていた。

わたしがエアゾール治療をつづけていたあいだ、彼はずっと、のびやかな足どりで、わたしの行き帰りに同行した。わたしの家の前で、湿《しめ》った鼻で軽くわたしの手に触《ふ》れて、ひとりで立ち去っていった。

彼はわたしが知ったうちでもっとも独立心の強い犬だった。幸いなことに彼の飼い主は理解があって、自分の不安や恐怖《きょうふ》で彼を縛《しば》りつけなかった。

ポップは何日も家を空けることもあった。どこへ行ったのか、だれも知らなかった。お腹をすかせ、疲《つか》れきって、脚《あし》をむくませて帰ってきては、家の、目についた最初の絨毯《じゅうたん》の上で、石のように眠《ねむ》った。だれかにつかまったことも、傷つけられたことも、たたかれたこともない。彼はかなりの歳《とし》まで飼い主のサッカー選手とともに生き、サッカー選手は数年後に選手をやめて、セーリエCのあるチームのコーチになった。

# ゴミ収集箱のなかの子犬

Il cucciolo nel cassonetto

あるとき、ゴミを捨てにいって、収集箱のなかに毛がもじゃもじゃの、眠《ねむ》そうな黒い子犬がいるのを見つけた。残ったパンでも捨てるようにだれかが捨てたのだ。たぶん母親が子犬をたくさん産みすぎて、飼い主がその処置に困ったのだろう。つまり、思いやりのかけらもなく、愚《おろ》かさを丸出しにして彼《かれ》をゴミ収集箱に投げこみ、彼はビニールのゴミ袋《ぶくろ》のあいだで寒さと恐怖《きょうふ》にふるえ、どうしていいかわからずにいたということだ。抱《だ》き上げるとすぐに、子犬はわたしの脇《わき》の下に冷たい鼻を入れてきた、助けと愛情を求めるかのように。どうして食べ物を与《あた》え、なでてやらずにいられよう？

ペルドゥート（捨てられた子）と名前をつけた。雑種、イギリス人が純潔種でない犬を皮肉って呼ぶストリート・テリヤ。耳が長く、コッカーのように毛が多く、鼻は広く短くてとてもやわらかく、丸い目は生き生きと強い光を発し、背中が少し猫背《ねこぜ》でお尻《しり》が頭より高い。変な犬で、見栄えはよくないけれど、陽気さと感受性いっぱいというところ。

彼は人の声の響《ひび》きが好きだった。だれかが話していると、頭を少しかしげ、耳をそばだてて、自分に届いてくることばを聞きわけようとした。たしかに、ことばの響きやその調子、フレーズに刻まれるリズムなどから自分に向けられている話の内容がわかった。生まれついての音楽家で、どんな音にも興味を示した。ときどきバルコニーに出て、下の、木の葉が落ちた小さな庭で、ぺちゃくちゃなにやら一日のできごとをおしゃべりしているすずめたちに耳をかたむけていることがあった。それほど熱心に注意をかたむけているからには、彼はすずめたちが話していることがわかっていたのだと、わたしは確信している。

その反面とても注意散漫《さんまん》で、街を走りまわる車の危険性を理解できなかった。車の音には関心がないのだ。もっぱら人間や動物のたてる音に注意を向け、これが彼の運命を決定することになった。

というのは、ある朝、車が近づいているのが聞こえなくて、轢《ひ》かれたのだ。幸い一命は取りとめたが、脚《あし》が一本くだけた。そしてどんなに愛情こめて治療《ちりょう》しても、傷ついた脚は完全に使えるようにはならなかった。こうして、歩くとき、酔《よ》っぱらいのような変な姿になるのだった。

この不自由さにもかかわらず、ペルドゥートは元気に長生きした。一五歳《さい》で、ほとんど目が完全に見えなくなり、ローマのヴィットーリア地区のテーヴェレ川の岸辺で、なにも気づかずに、別の車に轢かれて死んだ。わたしがもっている写真のなかで、彼はだれかの声の神秘的な響きを聴《き》こうとするかのように、首をかしげている。

# 飛ぶ犬

Un cane che vola

この犬たちの物語を終わりにしようと思っていたとき、これまで出会ったなかでもっとも大きい、美しい犬を思い出した。友人の飼い犬で、名前はネッビア（霧）。子どもたちは、彼《かれ》を見ると、足をとめてうっとり見とれる。彼らによると、ネッビアは、『はてしない物語』という映画で有名になった犬と双子《ふたご》のようにそっくりなのだという。

その映画をテレビで観たとき、わたしもネッビアとエンデの『はてしない物語』の白い犬があまりにそっくりで驚《おどろ》いた。

でもおもしろいのは、ネッビアも、映画のなかの犬のように、飛ぶことが大好きなことだ、といっても彼のほうがへただけれど。ネッビアはちょうちょを追っては絶壁《ぜっぺき》から海に墜落《ついらく》し、猫《ねこ》を追いかけては橋から身をおどらせ、もろに岩に鼻をぶつけたり、水に落ちたりした。だが彼の目は飛行がどういうことか知っている犬の目、つまり雲と小鳥のさえずりでいっぱいの目だった。

熱狂的《ねっきょう》な飛行願望のために、飛んでは落ちて、あちこち皮がすりむけるので、彼の飼い主はしょっちゅう彼の脚《あし》に包帯を巻いて散歩につれだした。夢みがちな彼は、子どもはあまりにこの世にべったりの考え方をするのできらいだけれど、ふだんはだれにでも礼儀《れいぎ》正しかった、がやがやうるさくて苦痛の種の子どもたちにも。ただとなりの家の三匹《びき》の犬たちだけには毛を逆立たせた。その黒毛のシェパードたちとは犬猿《けんえん》の仲だった。彼らは、彼が食事をはじめるのを遠くから見るや、囲いをくぐりぬけてきて、彼の皿に鼻をつっこむ。それが彼を烈火《れっか》のごとくに怒《おこ》らせた。

友人はときどきとなりの家に抗議に行くが、相手はどこ吹《ふ》く風。「犬同士のことだから」と肩《かた》をすくめるだけ。「たしかに犬同士のことです」と友人は答える、「同等ならば。だがお宅は三匹でうちは一匹。彼らはいつも数にものをいわせて、彼の皿のものを奪《うば》い、彼に嚙《か》みつき、追いまわし、踏《ふ》みつけている。なんとかしてもらわないと」。だが隣人《りんじん》たちには馬の耳に念仏で、自分たちの三匹の黒毛のシェパードの武勇に気をよくしてせせら笑う。

ある日ネッピアは、その犬たちにいじめられ、首を三か所嚙まれて、まだ血が流れ、片ほうの耳がズタズタのまま、こっそりとなりの家に行って、プールわきに広げてあったデッキ・チェアを壊《こわ》した。

翌日、隣人が毒団子を置き、その日の夕方ネッピアは死んだ。友人ははげしく泣き、ネッピアを、彼のぶざまで熱情的な飛行願望と白い毛がふさふさの美しい頭、夢みるような、愛情ぶかい目を知るすべての友人が泣いた。

隣人は当然ながら毒殺したことを認めなかった。そしていつものように笑ってすませた。ところが、三匹の大型シェパードは意気消沈《しょうちん》して元気がなくなり、わたしの目には、悲しんでいるように見えた。犬族としての彼らの凶暴《きょうぼう》さのうちにも敵のネッピアを殺すなどという考えは浮《う》かびもしなかったのだ。こうしてまた人間が犬たちよりはるかに野蛮《やばん》でせっかちなことが証明された。

# 飛ぶ犬

Un cane che vola

この犬たちの物語を終わりにしようと思っていたとき、これまで出会ったなかでもっとも大きい、美しい犬を思い出した。友人の飼い犬で、名前はネッピア（霧）。子どもたちは、彼《かれ》を見ると、足をとめてうっとり見とれる。彼らによると、ネッピアは、『はてしない物語』という映画で有名になった犬と双子《ふたご》のようにそっくりなのだという。

その映画をテレビで観たとき、わたしもネッピアとエンデの『はてしない物語』の白い犬があまりにそっくりで驚《おどろ》いた。

でもおもしろいのは、ネッピアも、映画のなかの犬のように、飛ぶことが大好きなことだ、といっても彼のほうがへただけれど。ネッピアはちょうちょを追っては絶壁《ぜっぺき》から海に墜落《ついらく》し、猫《ねこ》を追いかけては橋から身をおどらせ、もろに岩に鼻をぶつけたり、水に落ちたりした。だが彼の目は飛行がどういうことか知っている犬の目、つまり雲と小鳥のさえずりでいっぱいの目だった。

熱狂《ねっきょう》的な飛行願望のために、飛んでは落ちて、あちこち皮がすりむけるので、彼の飼い主はしょっちゅう彼の脚《あし》に包帯を巻いて散歩につれだした。夢みがちな彼は、子どついに年をとって、後ろ脚で立てなくなった。腱《けん》の手術を受けたが、リンクでの出番がだんだん少なくなりだした。とうとう脚を引きずるロバと喘息《ぜんそく》もちのラクダといっしょに、馬小屋テントに入れられて、割り当てられたカラス麦を悲しく食べるほどに落ちぶれた。

ここで話しておかなくてはならないのが、オルフェーイで最初は空中ブランコ乗り、それから馬の調教師として長くはたらいたオーストラリア女性のクリスのことだ。小がらだが若い雄牛《おうし》のように頑健《がんけん》で、頭がよく、目をかがやかせて子どものように笑う。

わたしはフォルメッロ★15に馬の調教場をもっているイギリス人の家でクリスを知った。彼女《かのじょ》のかざらない率直さにすぐに好感をもった。悪意や言外の含《ふく》み、悲劇などにいっさい無縁《むえん》だった。自分を守ることにもいっさい無縁で、そのために人生は彼女の上を容赦なく、彼女が抵抗《ていこう》する手段もないままに過ぎていった。調教師としての彼女の小がらな肉体の並外れた強さと魂《たましい》の絶対的な無垢《むく》、繊細さのコントラストにはなにか興味を惹《ひ》かれるものがある。

クリスはなんでもできる。柵《さく》用の杭打ち、馬の蹄鉄《ていてつ》打ち、屋根の氷くだき、壊れた鞍の修理、さらにひときわ気むずかしい馬たちを調教し、ギターを弾《ひ》き、病気の犬の看護をし、綱《つな》の上を歩き、危険な空中二回転をする。しかもなにをするにも楽しそうで、ど利害につながれた動物の宿命だ。そして馬が、おだやかだけれど、ひと蹴《け》りで人を殺すこともできる強力な動物が、おとなしく運ばれ、人に導かれ、命令され、鞍《くら》をつけられ、文句も言わずにあちこち引きまわされるのだ。

こうして彼はオルフェーイ・サーカスに着き、幸いにも、動物を愛し、とてもていねいに扱ってくれる女性、アニータ・オルフェーイの手に委ねられた。

むろん彼は自分の芸をこなさなくてはならない。リンクに走り出て、鞭《むち》のひと打ちで後ろ脚《あし》で立つ、前脚をボクサーのように動かす、砂場をまわって走っているあいだに彼の背中に跳《と》んでくる布ぐつの身軽な芸人を空中でキャッチする、などだ。そして彼はそれらの芸を何年間も、繊細《せんさい》に、従順に演じ、イタリアの街から街へと移動し、床《ゆか》に麦わらを敷《し》いた暗いトラックで、雨のなか、灼熱《しゃくねつ》のもと、旅をした。

ときどきコマーシャル用に会社に貸し出された。そのひとつ、ヴィダル・サスーン社のシャンプーのコマーシャル・フィルムでは彼が主役で、かがやく草原を白いたてがみを風になびかせてスローモーションで走っている。

**13**　リピッツァナー——現スロヴェニアのオーストリア王室リピッツァ養馬場で養育された馬。馬術、軍馬の最高名馬。

**14**　オルフェーイ・サーカス——一八二〇年から三代にわたって現在まで続くイタリアの大サーカス。

# オルローフ

Orlov

かわいいフラーヴィア、ここでわたしの好きな馬の話をさせてね。

オルローフは二五歳《さい》。歯の黄色い、傷だらけの老馬だ。でもほっそりとしなやかな体型は若いころのまま。かつてはやわらかくてすべすべしていたミルク色の脇腹《わきばら》は、いまではごつごつとあばら骨が目立つ。目は、動物ではたぶん最後に老化するのだろう、生き生きとして、甘《あま》く、かわいている。わたしと彼《かれ》のあいだに大きな愛情が生まれた。暗黙《あんもく》の了解《りょうかい》というか、なんとも説明できないもの。わたしたちを近づけ、わたしたちを友人にするなにか。

オルローフは以前はとても美しかった。馬の王さまだった。鼻先のほっそりした、寒く霧《きり》深い土地からきたリピッツァナー[★13]。ハンガリーの田園かユーゴスラヴィアの谷間で生まれたらしいけれど、よくわからない。オルフェーイ・サーカス[★14]にたどり着くまえの彼の人生についてはなにも知らない。馬の運命そのままに、次々と人手にわたり、次々とご主人を変え、他の馬たちと交わり、メスの馬たちとも知りあいになって、好きになっても、容赦《ようしゃ》なく引き離《はな》されたりもしただろうと想像する。それが所有者の気まぐれとんな時間割がまわってこようともけっしてなげかない。だがときどき激しい怒《いか》りにおそわれて暴風雨のように危険になることがある。

田舎の農場で好条件で働いていたのに、クリスはサーカスの魅力《みりょく》に抵抗できなかった。ある日、アニータを訪れると、アニータはテントにこないかと彼女を誘《さそ》った。するとクリスはその場で、田舎での定職も、家も、友人も捨てて、檻《おり》に入ったライオンや象、犬、猿《さる》、馬などとともにハウストレーラーでイタリアじゅうをまわることにしたのだ。

彼女はいまはもう空中ブランコはしないが、チュルロという名の黒馬との得意技をもっている。チュルロはだれも近づけない荒馬《あらうま》だった。彼女だけが、忍耐《にんたい》強い、恋する女のようないちずさで調教に成功し、ごほうびに彼をもらった。貧しい流浪《るろう》の女性が生《しょう》涯《がい》ではじめて手に入れた財産だとわたしは思う。彼女は彼を宝石のようにたいせつにし、身体をきれいにし、毛にブラシをかけ、蹄《ひづめ》と尻尾《しっぽ》を磨《みが》いてやった。夕方になるとクリスはミニスカートに網《あみ》タイツ、スパンコールをちりばめたジャケットというきらびやかな衣装をまとって、スペインの踊《おど》り手のように軽やかに、従順にさせる術を知っている真っ黒で強靭《きょうじん》な彼女のチュルロを従えてリンクに踊り出る。

オルローフのことをわたしにはじめて話したのがクリスだった。かつての名馬はいま

15　フォルメッロ——ローマ近郊の農業地帯。

やご隠居《いんきょ》生活で、つねに新種の出し物を考えださなくてはならないサーカスではますますお荷物になっているという。

わたしはある晩、オルフェーイ・サーカスがローマのクリストーフォロ街にテントを張ったとき、彼女に会いにいった。雨が降り、じっとりした濡《ぬ》れぞうきんのような風が吹《ふ》いていた。トラに餌《えさ》を与《あた》えていたインド人にクリスの居場所をたずねると、彼は暗いテントを指さした。近づいて、革の縁取りをした蠟《ろう》びき布の端《はし》を持ち上げると、そこはまるで千夜一夜のひと場面だった。大きな石油ランプに照らされたなかで、巨大な四頭の象がまぐさを食べながらいっせいに顔をあげてわたしを見た。地面からつき出ている頑丈《がんじょう》なくぎに一本の脚が鎖《くさり》でつながれ、灰色の頭は紅白の縞《しま》のテントの天井すれすれ、小さな、大人しい目をしている。遠い、内なる悲しいリズムに従っているかのように、いっしょに頭を動かしていた。

だがクリスはいなかった。ほかのインド人にたずねると、もっと先のテントを指さした。そこでわたしは、傘《かさ》を手に、二番目の、まえのよりも長くて広いテントの前まで水たまりをピョンピョン跳びこえていった。なかに入る。すると美しいつやつやの背中の馬が三〇頭ほど、その馬たちのなかで、クリスがまぐさ桶《おけ》を手にしていた。

彼女はすぐにわたしをすみっこにいるオルローフを見せにつれていった。やせてみすぼらしく、傷だらけ、歯は欠け、自分を余計者だと感じ、なにひとつ楽しいことを期待しない者の、うんざりした、光のない無気力な目が、わたしを見ていた。

「アニータは処分しないと、と言うの、もうなにもしないのに、食べさせなくてはならないって。でも彼女は殺したくないの、かわいがってきたし、一〇年まえの誕生日のご主人からのプレゼントなので、できたら幸せな老後を送ってもらいたいのよ……あなた、山に家があるでしょう、引きとってくれない？　彼女、あなたならただにするわ、輸送費だけはらってくれれば」

わたしはしばらく決めかねて彼を見ていた。病気になって老いさらばえ、重荷になったら、どうする？　と思った。だが、彼のまなざしのなかのなにかがわたしを惹《ひ》きつけた。たぶん彼はわたしが彼の人生を決定しかけているのを察したのだ。食べるのをやめて焦《こ》げ茶色の瞳《ひとみ》を大きくみひらいた、まるで判決でも聞くかのように。

それだけで彼をつれてゆこうと決心させるのに充分《じゅうぶん》だった。「いいわ」と言った、「わたしを信頼《しんらい》してくれてありがとうとアニータに伝えてちょうだい。しっかりめんどうをみるようにする」

翌日オルローフは幌《ほろ》つきトラックに乗って、わたしの山荘《さんそう》に来た。最初のうちは場所が変わって調子が狂《くる》ったようで、なにをしてよいかわからず、しょんぼりうろつきまわっていた。もうつながれたり、鞍をつけられたり、狭い場所に押《お》しこめられたり、トラックからトラックとゆられてゆくこともなくなって、あまりの驚《おどろ》きにとても信じられないようだった。動きまわるのも、食べるのも、眠《ねむ》るのも自由にできる。このあまりの自由が彼をとまどわせたのだ、まるでなにか罰《ばつ》が待っているのではないかというように。

数か月たつと、オルローフはまた元気になった。肉がつき、目はキラキラかがやき、杭の綱にこすりつづけてできた頭のこぶも消えた。

いま日曜日に彼とわたしは森に散歩に行く、老齢《ろうれい》の馬にあわせて、むりをしない。ときどきわたしは止まって、降りて、彼に草を食べさせる。彼はあたりをぶらつき、頭をあげてわたしを見る、「まだいい？」とたずねるかのように。そして日がしずむころ、わたしたちは家に帰る。

彼にはサーカス馬の特徴《とくちょう》が残っている。まっすぐのばした首、胸元で軽くかたむけた頭、小刻みな跳ぶような早足、役者然としてツンと気取った態度など。

クリスがサーカス団とともにいる南のサルデーニャ島からその後のようすを知るために手紙をよこした。元気よ、わたしたちは仲良しになったわ、とわたしは返事を書いた。

彼は人間との身近な共同生活に慣れているので、ほかの馬たちよりものわかりがいいような気がする。音に敏感《びんかん》で、すぐに人の声を聞き分け、気にいらない人間には、近づかせておいてから頭突《つ》きをしたり、その前に後ろ脚で立って、パンチをくらわせようとしたりする。砂糖に目がなく、わたしは外へ出るときいつも角砂糖をひとつかみもってゆく。大食漢で、ぬけ目なく、礼儀《れいぎ》正しい彼がときどきまるでこの世の最悪のことを待っているような憎々しげな目つきをすることがあって、驚かされる。骨の折れる仕事をさせないで置いておくのがほとんど信じられないのだろう。わたしは彼をなでて、角砂糖をあげ、安心させてやる。すると彼はバラ色の染みが点々とついた分厚いくちびるをあげて黄色い歯を見せ、わたしの腕《うで》を鼻でたたいて彼流の感謝の気持ちをあらわす。

# 人間とカワウソ

L'uomo e la lontra

かわいいフラーヴィア、こんどは二匹《ひき》のカワウソの話。以前狩《か》りをしていた友人に聞いた話よ。

山の小さな湖のほとり、カワウソが一匹、ねそべって日向ぼっこをしている。目を閉じて。濡《ぬ》れた土色の、ひげの生えた小さな鼻が、風にのってくるイラクサや野生のミッリデ（ヤブニンジン）、シロツメクサ、ハッカなどのいいにおいを楽しんでいるのか、ヒクヒク動いている。

彼女《かのじょ》のパートナーは少し山寄りの、栗林のはじの水のなかで魚をとっている。数週間まえに生まれた二匹の子どもたちは、湖につきでている、苔《こけ》におおわれた岩の上で遊んでいて、鼻面をぶつけあったり、水に落としあったりしている。どちらかが苔ですべって湖に落ちそうになると、もう一匹が空中でその尻尾《しっぽ》を歯でキャッチして、引っぱりあげる。そしてすぐにまた水に落とそうとする。

カワウソのママは子どもたちの明るい声を聞くともなく聞いている。その声が耳に届く範囲《はんい》にあるかぎり、濡れた毛をかわかしてくれる薄曇《うすぐも》りのやわらかな太陽を静かに楽しんでいられるのがわかっている。一瞬《いっしゅん》、まぶたをあけたが、光がまぶしい。ちょっと顔をしかめた、自分自身と自分のうかつさを笑うかのように。

頭を後ろにそらして脚《あし》を草の上にのばす、子どもたちが彼女のお腹の闇《やみ》から出たときに肉が裂《さ》けてまだ痛むところに太陽が当たるように。

カワウソは自分の動きがわずか二〇メートルほど離《はな》れたところから、注意深い、興味しんしんの目で見られているのを知らない。男は野生のホタルブクロの高い茂《しげ》みのうしろに隠《かく》れている。金髪《きんぱつ》の巻き毛の頭に黄色の真珠母《しんじゅぼ》のボタンのついた黒革のぼうしをかぶっている。

男が銃《じゅう》をかまえる。だがカワウソはなにも気づかない。風向きは男の味方だ。動いても、その音は日光浴さなかの動物に届かない。それにカワウソは鼻はよくきくけれど耳はさほどでもないことが知られている。

男は狙《ねら》いを定める。動物の身体はふたつの銃口の中央にある。明るい色の草地をバックにした黒っぽい染み。引き金を引くだけだ。ずばり命中まちがいなし。だが男は急がない。のんびり陽を浴びているその身体のなにかが彼《かれ》の好奇心《こうきしん》をそそる。濡れたその毛の光沢《こうたく》、キラキラ光る小さな葉のあいだを泳ごうとでもするように開いた小さな手足、ぺしゃんこの大きな鼻、閉じた目とまだ水滴《すいてき》がついたまま、かすかにふるえている髭《ひげ》……その動物にはなにかがある、と彼は考える、まるで動物らしくないなにか。その愛らしさ、その信頼《しんらい》しきったようす、そのかすかな微笑《ほほえ》みはまるで赤んぼうだ。

そうしているうちにカワウソは口を開けて大きなあくびをする。幸せそうだ、と男は思う、あたりはばからない、貪欲《どんよく》な、おろかな、人間から見ればおろかな幸せ。まるで世界を丸ごと口に入れようとするみたいだ、においのいい草地も、澄《す》んだ深い湖も、彼女の背後の森も、そして、どうしてそうでないと言えるだろう、その上を蜂《はち》が飛びまわっている野生のホタルブクロの茂みも。

男はいきなり、引き金にかけた指にしっかり力をこめた。命中したことを確かめて満足する。

一瞬の静寂《せいじゃく》。カワウソは後ろに倒《たお》れて、死んだ。すずめたちは口げんかをやめた。二匹のカワウソの子どもは遊びをやめて走り、岩場のどこかの窪《くぼ》みに隠れる。男は耳をすます。一〇〇メートル先の湖畔《こはん》で魚をとっているオスのカワウソまで驚《おど》ろかさなかったようにと願う。カワウソは耳がよくないということに期待して。

蜂のブンブンいう羽音がますますうるさくなる。いまでは蜂たちは彼の鼻や耳にまで近づいている。男は片手をあげて、音を立てずに黒いぼうしを額までおろす。黄色のボタンが太陽にピカリと光る、ひとつだけの追跡者《ついせきしゃ》、第三の目のような。

数分後、オスのカワウソがやってきた。自分の家族の気配がないのが心配になったのだろうか、ただ家にもどろうと決めただけなのだろうか。日光浴をするパートナーを残していった草地へとためらうように、注意深く、近づいていく。

湖と草地をへだてる小さな丘《おか》の上に着いた瞬間、彼の目はうち捨てられた毛皮に釘《くぎ》づけになった。一本の脚が上がり、ほかの三本が前進の勢いでのびたまま、身体は動きを停止。鼻だけが動いている、ヒクヒクと、とつぜん狂《くる》ったようににおいを嗅《か》ぎだした。頭がゆっくりまわる。詮索《せんさく》する目がホタルブクロの茂みに止まる。風は相変わらず反対側から吹《ふ》いている。上にのばした鼻になんのにおいも届かない。

男は身体をこわばらせる。筋肉が緊張《きんちょう》し、ちぢみ、目は獲物《えもの》の上にとまり、口から風のように軽い吐息《といき》がもれたが、彼の前の空気はそよとも動かない。どうするか、カワウソは？　走って隠れるか、それとも撃たれたパートナーのほうへ向かうか？

男は待つ。忍耐《にんたい》はお手のものだ。待つ喜びを知っている。狩りではそれはほとんど銃の腕前《うでまえ》以上に重要なことだ。唯一《ゆいいつ》つらいのは、タバコを吸いたくて喉《のど》がうずうずすることだ。

とそのとき、カワウソが決心した。早足で、撃たれたパートナーのほうへ向かったのだ、まだ助けられると確信したかのように。だが自分も撃たれるかもしれないのを知っているのか、ジグザグに走る。矢のように丘の頂上に到達《とうたつ》する。パートナーの身体のにおいを嗅ぐ。それから首をくわえて湖のほうへ引きずっていく。

土が小さく盛り上がったところを越えようとしたとき、左脇《わき》に弾丸《だんがん》が当たった。びくりと跳《は》ねて、落ちた。だがくわえたパートナーの首ははなさない。それどころか、さらに歯に力をこめ、立ち上がってまた歩き出そうとする。

狩人《かりうど》はいらいらしたしぐさをする。ばかものめ、と自分に言う、一発で仕留めないとは、なんというばかものだ！　血のしたたる脚を引きずり、草を踏《ふ》んでゆく姿は見るにたえない。とどめを刺《さ》してやる、と意を決した。そう決めて茂みの後ろから出た。

そのあいだにカワウソは丘のてっぺんを、死んだパートナーの身体をけんめいに引きずりながらいまにも越えるところだ。彼の後ろの草地にキラキラ光る真紅の細いリボンがくねくねと続く。

一方、子どものカワウソたちは二発の銃声にパニックになり、じっと岩陰《いわかげ》に隠れていないで、巣の方向めざして突進《とっしん》し、狩人の長靴《ながぐつ》に足をとられた。

彼はにやりとして手をのばして尻尾をつかみかけた。だがそれは彼の手にひとかたまりの濡れた毛を残してすべりぬけた。

彼は二匹の子どもを追いかけようとして、ふと思いなおした、まずは傷を負って足を引きずっているあのオスのほうを始末しないと。そこで銃に弾《たま》をこめ、赤いリボンをたどって湖のほうへ歩きだした。

やつは水辺にいた、いまにも水に入ろうとしている。一気に走った。捕《つか》まえて、銃《じゅう》身《しん》をにぎり、その頭をなぐった。

やっと死んだ、とつぶやく。放置された二つの死体をよく見ようと膝《ひざ》をかがめた。手をのばしてオスを起こしてみると、まだパートナーの首をくわえていた。血だらけの毛をつかんで砂利に打ちつけた。だがまるでのりづけされているようだった。メスの脚をもちあげてみた。手の甲に水滴が落ちてきた。指の下の毛があたたかい。オスのカワウソはまだ息をしている。鼻から血の泡《あわ》が噴《ふ》き出ている。それでも歯はくわえたものをはなさない。

男は不意に、死にかけているのに必死にパートナーをくわえつづけようとしていることの小さな生き物に刺すような同情をおぼえた。手厚くとどめを刺してやりたい、だがどんなふうに？

まさにそのとき、美しいオスのカワウソがひと声小さくしゃくりあげて、頭を垂れた。もはや息をしていない。ふたつの身体はほんとうに死んだのだ、重なりあって。彼らの毛は正午の太陽の下で赤みをおびてかがやいていた。

狩人は栗の若木のやわらかな枝から大きな肉厚の葉を一枚とって、銃床《じゅうしょう》についた小さな血痕《けっこん》を拭《ふ》いた。口のなかになにか苦いものを感じた、無意味な、それゆえ残酷《ざんこく》な呵《か》責《しゃく》の味。だがひとつの声、彼が良識とみなすひとつの声が彼に言う、これが人生だ、容赦《ようしゃ》ないものだ、死はだれでも経験することだ、強い男は自分が死ぬにせよ、だれかに死なれるにせよ、あまりセンチメンタルになってはならない。

二匹の動物の脚をしばってベルトから飛び出ている留め金に吊《つ》るした。それから、しっかりした足取りで、巣のほうへ歩いていった、彼を待っている二匹の子がいるのがわかっていたから。

# 夜の訪問者

Il visitatore notturno

七歳《さい》の姪のサビーナはね、フラーヴィア、あなたとそっくりで、いつも、なにか「お話」をして、とせがむの。わたしの妹、つまり彼女《かのじょ》のママといっしょに旅行しても、電話をしてきて、お話をしてくれと言う。赤い漆《うるしいろ》色の服に桜色の靴《くつ》、瓶《びん》のような緑色の小さなリュックをせおって、電話器のそばにまっすぐ立ち、鶴《つる》のように片足をあげてそれをもう一方の膝《ひざ》にのせている、その姿が目にみえるよう。

ある晩、パパに会いにいったヴェネツィアから電話をかけてきた。「おばちゃま、お話ししてくれる？」

「いま忙《いそが》しいの。あした、話してあげるわ」

でも彼女はすぐに降参する子じゃない。「パパのお友だちは一分もしないお話をしてくれるわ」

「それであなたは短い話を、いま、すぐにしてほしいの？」

「そう、そうすれば今夜眠《ねむ》るときに、自分にお話ができるから」

「いい？　あなたがいつまでも電話を占領《せんりょう》しているとパパがいらいらするわ。それにお金がかかるし」

「じゃあ、切るわ。だからおばちゃまからかけて。そうすればパパも文句を言わないから」

わたしは受話器を置いた。あす、電話しよう、と思った。だがそのあとに、電話を待って壁《かべ》にもたれている彼女の姿が目に浮《う》かんで、義弟の家の電話番号をまわした。最初のコールが鳴るかならないうちに、彼女が答えた。

「それで?」

「あるところに姉と妹がいました」

「湖で暮らす魚でした、というの?」

「そうよ」

「もう聞いたわ、おばちゃま」

「木のなかに住んでいる男の子がいました」

「知ってる」

「ほかはなにも思いつかないわ、サビーナ」

「自分のことを話して」

「なにを知りたいの?」

「おばちゃまはたくさん旅行をしている。なにかお話にであったんじゃない、おかしな話とか？」

「なにも思い浮かばないわ」

「ねえ、小さなお話でいいの、とっても短くていいから、そうしたら許してあげる」

「それじゃあ、これはどうかな……一か月まえ、わたしはキャンベラにいたの。どこにあるか知っている？」

「ええ。オーストラリアの首都よ、わたしが知らないとでも思っているの？　わたしは首都につよいの。世界の首都をぜんぶ言ってみましょうか？」

「ええ、言ってみて」これで時間かせぎができると思った。

「お話をしてくれたら、首都をぜんぶ言ってあげる。キャンベラの話をして」

「わかった。じゃあ、始めるわ。わたしはキャンベラの、四隅《よすみ》に花模様のあるカーペットを敷《し》きつめたホテルにいたの。静かで物音のしないところだった。イタリアからの飛行機の長旅で疲《つか》れていたので、外国のベッドなのに自分の家のベッドみたいに、すぐに眠りについた。わたしの芝居《しばい》の初日まえの最後のリハーサルに立ち会いに劇場に行かなくてはならないので、少ししか時間がなかったの」

「それで？」

「それでわたしはすぐに眠りに落ちた。でも真夜中に、遠慮《えんりょ》がちだけれどしっかりドアをノックする音で目が覚めてしまったの。起きて、機械的にドアを開けにいった。鍵《かぎ》をまわして、ドアを開けた。外にはだれもいなかった。眠っていて聞きまちがえたのだ、きっとほかのドアをたたいたのだ、と思った。

ベッドにもどって、すぐにまた眠りに落ちたけれど、それから少しして、またあのしつこいノックの音に起こされた。でもこんどはドアを開けに行かなかった。寝《ね》たまま耳をそばだてていた。ほんとうにわたしの部屋のドアをたたいているようだった。起きて、耳をすますと、ドアではなく、別の壁面《へきめん》の、ドアから遠くない窓をたたいているのがわかった。

それを聞いて、きっと木の枝が窓にぶつかっているのだ、と思った。そうしているうちになにも音がしなくなったの。わたしはベッドにもどった。でももう眠れなくなっていたの。さっきのトントンという音を待っているのがわかった。実際、少したつと、またその音がした。やり方を心得た、執拗《しつよう》な、押《お》しつけがましいしかたで、まるで、開けるの、開けないの？　もう外でこんなにいつまでも待っていられない、と言うみたいに。

そこでわたしは窓際に行くことにしたの。先にガラス戸を開けると、その落ち着かない、長ったらしいノックがいまやすぐそばに聞こえた。開けるか、開けないか？　どろぼうかもしれない。でもどろぼうがノックするなんて聞いたことある？　それにだれがここまでよじ登ってこられる？　鎧戸《よろいど》を閉めるまえにちらりと見たかぎりでは、窓は一〇階建ての高層ビルに面していたから。でもわたしが見なかったバルコニーかテラスが近くにあったのかもしれない。そうしているあいだにもノックの音はますます押しつけがましくなった。ついにわたしは、こわそうな顔があらわれたらすぐに閉めようと身構えて、心臓をドキドキさせながら決心した。そしてそろそろと手首で鎧戸を押してゆくと、そこにいたのは……」

「幽霊《ゆうれい》」

「いいえ」

「黒人」

「いいえ」

「じゃ、なに？」

「大きな鳥よ。種類はわからない。外は暗かったし。彼《かれ》は窓のちょうど前を通っている鉄線を足でつかまえて止まっていたの。風に吹《ふ》かれて、額の上にピンと立ったバラ色の前毛がくしゃくしゃになっていた。悪びれず、満足そうだった。ついにわたしは鎧戸を開けてやった。彼は挑戦《ちょうせん》するような、儀式《ぎしき》ばった、決然とした態度でわたしの目をまっすぐ見た。わたしはこわくはなかった。攻撃《こうげき》をしかけるようすはなかった。すくっと足をそろえ、ただ自分の姿を見せたいだけのようだった。ゆっくりガラス戸を閉めた。外気が冷たかったし、部屋に入られるのはいやだったから。すると彼が首を優雅《ゆうが》にのばして、ガラス戸を二度コッコッと、なにか言いたげに、たたくのが見えた。でもなにを？　彼はそこに、ガラス戸の外にいて、わたしを尊大に見つめていた。ヒッチコックの映画の鳥たちのように攻撃的ではない。自分の大きさを自覚している巨大《きょだい》な鳥で、どこか高貴な、疲れたようなところがあった、長い飛行のあとで休息しているような。大海原のまっただなかのどこかの孤島《ことう》の中心から、あるいはマグリット[★16]が描《えが》く島のように、風に打たれる岩と岩のあいだに、ガラスのように硬《かた》いのに、軽やかにゆれて、空中に宙吊りになっている国から、彼をここまでつれてきた飛行。

『静かにしてちょうだい、わたしは眠らなくてはならないの』と言うように口に指を一本立ててみた。だが彼は同情の余地などなくわたしを見るだけ。ガラスの向こうから見ているのではなく、遠い時のかなたから、とても古く、失われてしまった過去から見ているように。

どうしよう？　彼の目があまりに決然として、悪ぶって、皮肉っぽいので、わたしは鎧戸を閉めてベッドにもどる勇気がなかった。乱暴な身《み》ぶりをして追いはらう勇気もな

**16**　マグリット――ルネ・マグリット（一八九八―一九六七）、ベルギーのシュールレアリスムの画家。

かった。彼を見ているのが楽しかった。白い縞《しま》の入った長い灰色の羽はとても優雅でやわらかそうで、額の上の前毛はとても陽気に動き、前脚がいかにもかしこそうにしっかりと鉄線をつかんでいるので、わたしはそのままそこで彼を見ているしかできなかった。そして彼はわたしの讃嘆《さんたん》のまなざしを喜んでいた。といっても、そうするのがただひとつの正しいことだと思うようなおろかな虚栄心《きょえいしん》などなくね」

「彼は人間で、鳥に変身したのだと思う?」

「そうかもね、サビーナ、わからないけど。わたしが一瞬《いっしゅん》でも目をそらすと、彼はくちばしでコツコツとたたきだすの。なんだか音楽家のようなところがあった。彼のコツコツには楽しいリズムがあったわ、強弱のついた、合理的な、数字を数えるような」

「それから?」

「それだけ。ずっとそうしていたの、朝まで。彼は窓の外から有無をいわせぬ尊大な態度で、わたしが少しでも目をそらすのを許さずにわたしを見つめ、わたしはますます彼に魅《み》せられて、死ぬほど眠いのに彼を見ていた。わたしが目を閉じるとすぐに彼の命令するようなコツコツが聞こえて、また目が覚めるの」

「それから?」

「ようやく朝日が彼の額の上の前毛に当たりだすと、彼の目が閉じるのだけれど、奇《き》妙《みょう》な金属的な音を立てて、おもしろいことにまぶたが、わたしたちのように上から下にかぶさるのではなく、下から上に上がるの。火のついた小さなふたつの鎧戸のようだった。

それから太陽が彼の灰色の尻尾《しっぽ》に当たると、銀のようにかがやいた。彼はちょっと頭をふって、鉄線にしがみついていた足をゆるめて、広げた。もういちど、挑戦するようにわたしを見て、別の方向を向いた。わたしはその機をとらえて、疲れた目を一瞬閉じた。でもすぐに警告するようなコツコツが聞こえたの。彼はまたわたしのほうに向いて、象牙《ぞうげ》色の長いくちばしでガラス戸をたたいていた。狂《くる》った夜の生きもののようにしつこく、邪悪《じゃあく》に。

わたしはしょぼしょぼする目を見ひらいて、あくびをかみころした。そのとき彼は短い嗄《しわが》れ声をひと声あげると、縁《ふち》かざりのついた長い、とても美しい翼をひろげて、飛び立ったの。わたしはハラハラして、清んだ、真っ青な空に円を描《えが》く、のびやかで、やわらかな飛行を見ていた。それから、一瞬身をひるがえすと、バラ色がかった、こわいほど魅惑的なあの前毛を前方につきだして、家々のあいだに消えていった」

「ありがとう、おばちゃまもそう思うでしょうけど、この鳥の話はふしぎね……これからベッドに行って、自分に話してみる……首都を言いましょうか？」

「いいえ、サビーナ、ありがとう、でももう遅《おそ》いわ、出かけなくちゃ。おやすみ」

「おやすみなさい」彼女はそう答え、夢をみているようにゆっくり受話器を置くのが聞こえた。彼女はもう物語のなかに入ったのだ。わたしの奇妙な夜の生きものが彼女の夢のなかを歩いてゆくだろうことがわかった。

# 訳者あとがき

《ある女の子》は、この本を読みだして、いきなり、マーロウのことばだという、「生きていることの恐ろしい罪」というフレーズに出あう。「マーロウってだれ？」女の子は、多くの読者と同じように、そう思うだろう。註を読んでもよくわからないだろう。そしてさらに読みすすめると、この本ぜんたいに《死》、《恐ろしい》、《罪》などの影がただよっていることに気づくだろう。作者が軽い気持ちでこんなフレーズを入れたとは思われない。女の子は考え込むだろう。

マーロウとは、作者の愛する作家コンラッドの小説『闇の奥』の主人公であろうと私は思った。彼はアフリカの奥地で名高い象牙商人クルッに会う。クルッは死に際に「恐ろしい、恐ろしい」と言った。ところが作中にこれに該当するフレーズは見当たらない。

マライーニに確認したところ、このマーロウは『闇の奥』の主人公ではなく、一六世紀イギリスの劇作家のクリストファー・マーロウだという。しかし、出典はわからないという。私はマーロウの劇作品をすべて調べたが、このフレーズは見つからなかった。マライーニをこれ以上わずらわしたくないので、出典は不明のままにさせてもらいたい。

また、このフレーズに、私はとっさに、マドリードの美術館で観て、忘れられなくなった犬の絵を思い出した。蟻地獄のような砂に埋もれて、顔だけ出して空を見上げている犬。天を仰いでいるというべきだろうか。子犬のようにも見える。作者はゴヤ。この子犬は死を逃れられない。あどけない顔をしている。それを見る私たちが、彼もしくは彼女の知らない運命に涙するのだ。

『ある女の子のための犬のお話』という原題のこの本は、巷にあふれている、元気で、人間に忠実で愛らしいだけの犬の物語ではない。多くは、とくに子ども向けには、書かれずにきた犬たちの病気、苦しみ、死が語られている。人間が一〇〇歳までも生きるいま、犬たちの寿命は長くても一五歳前後。それゆえ、かわいがって犬と暮らした者たちは、彼らの最期に立ち会う運命にある。この本の《わたし》は作者そのものと考えてよいと思うが、四匹の犬に死なれている。

マライーニはこれまでの男性の視点で不当に歪められたり曲解されてきた史実やとくに女性たちについて、女性の視点でみなおす作品を多く書き、忘却の淵に追い込まれたり、存在したのに、あたかも存在しなかったかのように無視されたりしてきた女性作家などに光をあててきた。いわば歴史のみなおし、男性の書き手による文学作品の読みなおしである。この犬たちの物語もその系列にあり、作者は犬たちに貼りつけられてきたレッテルを剝がし、人間たちが勝手につくりだした「犬像」の読みなおしをする。とはいえ、それは作者の独断ではなく、犬たちとの長年の生活で得たものであり、それゆえ、どうしようもない「真実の恐ろしい顔」が浮きあがるのである。

それにしても、ここに登場する犬たちはみな幸せだ。「苦しませないために」という獣医のすすめで安楽死をさせられた犬も、飼い主がそれを後悔して、息を引きとるまで抱いていてくれたし、毒団子を食べさせられて死んだ犬も、みなが悲しんでくれたし、なによりも、それまでは凶暴な敵だった大型シェパードたちも彼の死を悲しんでくれた。そしてまた、作者の長年のパートナーだった犬たちだけでなく、旅先で出会った犬やほかの犬たちも、この本に書かれることによって、多くの人たちに知られ、記憶にとどめられるのだ。それなら、ゴヤの小さな犬も、ゴヤに描かれたことによって、後世の人たちの目に触れ、わざわざ世界じゅうからやってくる観客に見られていることをほかの犬たちに自慢しているのかもしれない、マライーニが犬たちはそこから来て、死んだらそこへ帰るという月の世界で。

この、犬たちは月から来て、死後またそこへ帰るという想像が、作者と長い時間を共有した犬たちの実際にあった物語らしいこの本を、ときどきファンタジーの世界へといざなう。犬たちが月から来たという話とアウレーリアおばさんが話してくれたプシコポンポ（ギリシア語でプシュコポンポ）の話は、作者が、どれも自分よりもはやく死んでしまった犬たちを偲び、身近に感じるための方法なのだろう。見上げれば、月から見ると、青くてこのうえもなく美しいという地球を見つめているジンニがいる、散歩につれていってくれるのを待ちながら。それなら、砂地のあの犬が見上げているのも、月なのかもしれない。

死者の魂を黄泉の国へみちびくプシコポンポ。その役目も、ギリシアやエジプトの絵で見る姿も厳粛だけれど、プシコポンポという響きにはどこか軽やかでおどけた感じがある。わが国の神社でかまえている狛犬も、いかめしいけれどユーモラスで、これもプシコポンポなのだろう。

犬や猫を飼うとき、わたしたちは解決できない矛盾をかかえこむ。不妊手術である。子どもを産ませないで、自然の喜びを奪うなんてと思っているうちに、メスは母親になってしまう。生まれた子どもたちの貰い手をなんとか見つけ、一度は母親にしてあげたからと言い訳をして、獣医にゆだねる。ところがこの本のジンニは手術の失敗で、不治の腫瘍ができてしまった。白黒ぶちのピノーロを安楽死させて後悔した作者は、それを断り、留守にしているあいだに死なれて、ジンニをみとることができなかった。だが、犬も人間と同じように、自分の瀕死の苦しみを味わう権利があるのだと作者は言う。人間が勝手に彼の死の時間を決めて、さっさと注射一本であの世へ送ることは許されないのだと。

犬たちは自分を愛してくれる人がわかって、勝手に会いにきたり、ついてきたりする。ドジな猟犬のジンニも飼い主にないがしろにされて、マライーニの山荘に通ってきた。門のそばに隠れていたムリーノも、アイスクリームの好きな黄色い犬（黄色い犬って、どんな犬なのだろう？）も、道を歩いていたらついてきたピノーロも、病院の行きかえりエスコートしてくれた赤毛の犬も、みな彼らのほうから作者に近寄ってきた。そして作者と長い歳月をともにした犬たちはどれも捨てられたり、厄介払いされたりした犬たちだ。ペルドゥートと名前をつけた子犬はゴミ収集箱でふるえていた。ペットショップに行かなくても、愛情を求めている犬たちはたくさんいるのだ。

『犬の話』は人間の話でもある。動物に対する無知で無慈悲なふるまいに作者は静かに怒る。自分も犬を飼っているのに、よその犬に毒団子を食べさせる、小型セッターに嚙みついた大型シェパードを蹴ったと怒る、飼いきれないと路上に捨てる、子犬をごみ収集箱に捨てる、そして犬に一日一食をすすめ、安楽死をすすめる獣医たち。

犬たちのあとは、馬とカワウソと大きな鳥の話。サーカスのスターだった名馬は、老いて、作者に引きとられた。幸せなカワウソ一家はハンターにみな殺しにされる。画像で見るとほんとうにかわいいカワウソたち。そして夜中にホテルの窓をノックする巨大な鳥。作者をひと晩じゅう眠らせず、ガラスごしに向きあって、夜明けとともに飛び去った鳥は、そのまま読者を物語の世界へと誘い込む。この不思議な鳥こそ、この世とあの世、現実の世界と物語の世界を行き来する者なのだろう。こちらにいてあちらの世界を語る者、あちらにいてこちらの世界を語る者、彼こそ《物語る者》だ。ということは、あのホテルでの一夜、物語る者同士が見つめあっていたということだ。

ダーチャ・マライーニは一九三六年生まれのイタリアの作家、劇作家、詩人である。父親の民族学者フォスコ・マライーニがアイヌ研究のために留学したので、二歳にならずして来日した。札幌、京都で暮らしていたが、第二次世界大戦が勃発し、イタリアは日独伊三国同盟から離脱して日本の敵性国となった。両親がムッソリーニへの忠誠宣誓を拒否したために、一家は名古屋の天白寮、広済寺の強制収容所に収容された。その間の過酷な体験は拙著『ダーチャと日本の強制収容所』（未來社、二〇一五）に書かれている。

自分で言うように、戦後帰国してから、強制収容所のトラウマやイタリア語の問題、戦後の不安や貧困などで、「つらい思いをしながら成長した」マライーニは、一九六二年に小説『バカンス』、翌年『不安の季節』を発表して、長い作家生活を開始した。六八年代の世界的な学生・労働者の異議申し立ての時期には、つねにフェミニストの知識人として街頭や広場に出ていた。女性だけの劇場を創設し、舞台から、社会の不正、女性に対する暴力・差別を鋭く糾弾した。代表作の戯曲『メアリー・ステュアート』はわが国でもたびたび上演されている。

多くの戯曲や小説のほかに、この『ある女の子のための犬の話』やすでに刊行された『ひつじのドリー』のような、子どもも読める短篇集もいくつかある。彼女の書く物語の底には、つねに現実を見すえてきた作家の問題意識が読みとれ、子どもたちに真実とことばの力を伝えようという願いがこめられている。この犬の話もその筆頭である。身近な――だがあまりに人間に一方的にあつかわれてきた――犬たちが、人間と暮らすことによって、楽しく幸せなだけでなく、どんなに苦しんだり、恐ろしいものを見たりしているか、それを知ってもらいたいということだ。そのために、マライーニは、賢く、理解力と想像力のある、お話好きの女の子に、死が人に与える苦しみについて、この世の恐ろしいことについて、生きることの苦しみについて、考えてほしいとメッセージを託したのだろう。

この本は多くのイタリアの子どもたち、大人たちに愛されてきた。あるイタリア人小学校教師は、この本は図書室で貸出ナンバーワンだという。子どもたちは親の教えたがるきれいごと、夢物語だけでなく、恐ろしく、天地がひっくり返るような物語が好きだ。これはイタリア人、日本人にかぎらず、どの国にも共通することだろう。

おまけとして、わが家の猫の話。ご近所の家の軒下に野良猫が子どもを産んだ。キジトラ三匹黒一匹。しゃなりしゃなりと歩いていた美人の黒猫にわが家のキジトラが惹かれたらしい。認知して、軍手に捕虫網で捕獲した。栄養不足で逃げもできなかったクロは尻尾の先が折れ曲がって、貰い手がなさそうなので家に残した。信州の山小屋につれていったら、出かけて帰ってこなかった。自力で生きていけると思ったのか。真冬には氷点下二〇度にもなるのだ、甘いぞ。父親は二〇歳をまえに、家を出ていった。老衰して、毎月、強壮剤を注射していた。その日、ふり向いて——気のせいかいつもより長く——こちらを見て、竹林から裏山に消えた。二度と猫は飼わないと決心したのに、ほどなく、人目につかない隙間に落ちていたと、老犬と老猫のいる友人が白黒二毛をつれてきた。パパゲッティーナ（略してティーナ）は、山にゆくと、車から降りて、あたりをひと回り偵察してから、入口のドアにつづくウッドデッキの柵に、道路を警戒するようにして座る。わが家のプシコポンポ。母親のように自由を求めて出ていった若造は二度とあらわれない。

最後に、未來社の天野みかさんには最後の最後まで、こまやかなチェックをしていただいて、感謝申し上げます。また、『ひつじのドリー』と同じ装画のさかたきよこさん、装幀のタダジュンさん、今回もおかげさまで、すてきな本ができました。女の子と大きな犬が同じ方向へキリッとした顔で向かっているのが大変印象的です。マライーニさんからも、くれぐれもお礼の気持ちを伝えてほしいとのことです。ラフを見て、さっそく、「とても美しい。動物たちがどこか神秘的で、暗示的で、とてもいい」というメールをくれました。

二〇一七年九月二五日

望月紀子

## D・マライーニ邦訳作品

『不安の季節』一九七〇年、青木日出夫訳、角川書店
『バカンス』一九七一年、大久保昭男訳、角川書店
『メアリー・ステュアート』一九九〇年、望月紀子訳、劇書房
『シチーリアの雅歌』一九九三年、望月紀子訳、晶文社
『帰郷　シチーリアへ』一九九五年、同右
『イゾリーナ——切り刻まれた少女』一九九七年、同右
『声』一九九六年、大久保昭男訳、中央公論社
『別れてきた恋人への手紙』一九九八年、望月紀子訳、晶文社
『おなかのなかの密航者』一九九九年、草皆伸子訳、立風書房
『思い出はそれだけで愛おしい』二〇〇一年、中山悦子訳、中央公論社
『ひつじのドリー』二〇一六年、望月紀子訳、未來社

《著者略歴》
ダーチャ・マライーニ（Dacia Maraini）
1936年フィエーゾレ生まれ。作家・詩人・劇作家。民族学者の父フォスコ・マライーニとともに1938年来日。終戦までの約2年間を名古屋の強制収容所で過ごし、1945年帰国。1962年『バカンス』でデビュー。1963年に『不安の季節』でフォルメントール賞、1990年『シチーリアの雅歌』でカンピエッロ賞、1999年*Buio*（未邦訳）でストレーガ賞受賞。

《訳者略歴》
望月紀子（もちづきのりこ）
東京外国語大学フランス科卒業。
著書：『世界の歴史と文化　イタリア』（共著、新潮社）、『こうすれば話せるイタリア語』（朝日出版社）、『ダーチャと日本の強制収容所』（未來社）、『イタリア女性文学史』（五柳書院）。
訳書：オリアーナ・ファラーチ『ひとりの男』（講談社）、ダーチャ・マライーニ『メアリー・スチュアート』（劇書房）、『シチーリアの雅歌』『帰郷、シチーリアへ』『イゾリーナ』『別れてきた恋人への手紙』（以上、晶文社）、『澁澤龍彦文学館　ルネサンスの箱』（共訳、筑摩書房）、『ひつじのドリー』（未來社）、ナタリーア・ギンツブルグ『わたしたちのすべての昨日』『夜の声』『町へゆく道』『小さな美徳』（以上、未知谷）ほか。

《画家略歴》
さかたきよこ
多摩美術大学卒業。版画をはじめとした絵や詩、映像の制作をしながら、装画や挿絵の仕事を手がける。
主な仕事：絵本*La bambina di neve. Un miracolo infantile.*（ナサニエル・ホーソーン著、Topipittori）、装画『ラパチーニの娘』（ナサニエル・ホーソーン著、阿野文朗訳、松柏社）、『よこまち余話』（木内昇著、中央公論新社）、『ひつじのドリー』（ダーチャ・マライーニ著、望月紀子訳、未來社）、『ぼくが死んだ日』（キャンデス・フレミング著、三辺律子訳、東京創元社）など。

ある女の子のための犬のお話

2017年 10月30日　初版第1刷発行

定　価　本体 1800円＋税

著　者　ダーチャ・マライーニ
訳　者　望月紀子
画　家　さかたきよこ

発行者　西谷能英
発行所　株式会社 未來社

〒112-0002 東京都文京区小石川 3-7-2
振替 00170-3-87385
電話 03-3814-5521
http://www.miraisha.co.jp/
e-mail：info@miraisha.co.jp

印刷・製本　萩原印刷
ISBN978-4-624-61041-8　C0097

## ひつじのドリー

ダーチャ・マライーニ 著／望月紀子 訳／さかたきよこ 画

D・マライーニによる子どもから読める短篇集。靴に住む一家、旅するキャベツ、毛皮にされた母親を助けだすきつねの子……風変わりな登場人物たちに巻き起こる魅惑の冒険譚一〇篇。

一八〇〇円

## ダーチャと日本の強制収容所

望月紀子 著

イタリアの作家、詩人、劇作家であるダーチャ・マライーニ。二歳で来日、終戦までの約二年間、強制収容所での苛酷な飢えや寒さを経験する。作家の原風景となった《もうひとつの物語》。

二二〇〇円

## 海女の島　舳倉島〔新版〕

フォスコ・マライーニ 著／牧野文子 訳／岡田温司 解説

日本の文化に深い関心を寄せたイタリアの民族学者フォスコ・マライーニは一九五〇年代に記録映画撮影のため日本各地を訪れた。その眼に映る「詩的」な舳倉島の人びとの生活。

一八〇〇円

## 家郷のガラス絵

長谷川摂子 著

〔出雲の子ども時代〕次世代へと遺され、あるいは受け継がれていく「語ること」の豊かさと不思議さ、そして人生の滋養となる子ども時代の体験をみつめる、ふるさと回帰の旅。

一八〇〇円

## とんぼの目玉

長谷川摂子 著

〔言の葉紀行〕あるときは故郷・出雲にはぐくまれた「母語」をみつめ、またあるときは言葉のイカダを組んで大海へとこぎ出す。絵本作家がその枠組みを超えて語る知的好奇心満載のエッセイ。

一七〇〇円

〔消費税別〕